我本行者

每个人心中都有一座高原

千般跋涉，万种找寻，要的不过是一颗平常心

范秋荣◎著

中国财富出版社

图书在版编目（CIP）数据

我本行者 / 范秋荣著．—北京：中国财富出版社，2019.6

ISBN 978-7-5047-6937-4

Ⅰ.①我… Ⅱ.①范… Ⅲ.①散文集—中国—当代 Ⅳ.①I267

中国版本图书馆 CIP 数据核字（2019）第 117102 号

策划编辑　李彩琴　　责任编辑　戴海林　孟　婷

责任印制　尚立业　　责任校对　孙丽丽　　责任发行　杨　江

出版发行　中国财富出版社

社　　址　北京市丰台区南四环西路 188 号 5 区 20 楼　　邮政编码　100070

电　　话　010-52227588 转 2098（发行部）　010-52227588 转 321（总编室）

010-52227588 转 100（读者服务部）　010-52227588 转 305（质检部）

网　　址　http://www.cfpress.com.cn

经　　销　新华书店

印　　刷　北京京都六环印刷厂

书　　号　ISBN 978-7-5047-6937-4/I·0296

开　　本　635mm×890mm　1/16　　版　　次　2019 年 9 月第 1 版

印　　张　21.75　　印　　次　2019 年 9 月第 1 次印刷

字　　数　190 千字　　定　　价　42.00 元

序

/ 融入西藏

每个人心中都有一座高原。

记得多年前，看过一篇题目为“心的高原”的文章，很多人都有一颗向往高原的心，却少有人企及“心的高原”。

一颗高原的心，代表着热爱挑战，对自然界的一切都充满好奇，渴望征服未知或向往的世界；心的高原，就是心灵的高地了。“卒然临之而不惊，无故加之而不怒。”这种境界又有何人能及？面对生活的无常，命运的刁难，还能笑对生活的人，他（她）一定在向着自己内心的高原跋涉。

我一直觉得，范秋荣就是这样的人，她对未知的世界充满探知欲。多年前，面对突然降临的一场疾病，换作其他人一定绝望至极，她却毅然挺了过来。我并非以她的病痛来做噱头，甚至是做教材。然而，她以坦然之心接受病痛，以平和之心处之，以阳光之心消除阴郁，可谓心智上的“侠之大者”。

这次，她进藏二十三天，不算太长，一次往返，走完了川藏线，也走过了青藏线，进藏的两条道路，不一样的风光体验，一一翻越，也一一翻阅，正所谓“文章是案头之山水，山水是地上之文章”，经历过，阅读过，就要记录下来。

范秋荣把自己所遇、所思、所悟集结成这样一本书，才仅仅写了一半故事，就已经十多万字。这本书应该算是西藏之行的上册。十多万字的分量，足见她的西藏之旅并非浅尝辄止、走马观花，而是用心体悟，这样的游与悟，着实让人佩服。

采访她写这本书的心情，范秋荣说：“人生中最难得的是身心放松。平时俗务缠身，好似枷锁，需要适时挣脱，给自己一段放空自己的旅行，让身体和心灵都在路上。”要知道，范秋荣所从事的媒体行业，有许多工作要做，忙里偷闲，为的是一份情怀，为的是一种不服输的倔强。

高原雪白，草地含翠，虔诚的朝拜者，朴实的藏民，生命力顽强的动物，不时到来的一场风雨，在西藏的舞台上，纷纷上演。范秋荣也在这场游历中，洗涤心灵，顿悟人生。

通过这本书，我们似乎可以看见，她进藏的某个午后，落日熔金，酥油茶的香，转经筒的“嚓嚓”声，五体投地朝拜者的背影，藏族孩子红彤彤的脸蛋，这些都一一被范秋荣记录下来。这是多么静谧美好的画卷。

山峦、草地、河流、动物、人都是大自然的一分子，也都在享受着大自然的福祉，却鲜有人笔笔记录得如此精彩。

人生最难的不是取得资产上的“砝码”，而是怎样不断填补人生空白，怎样以奔马之心把自己的愿景拓宽。翻开范秋荣这本书，种种奇逢，件件奇遇，桩桩奇缘，犹如埋藏的宝藏，等待着我们去发掘。

这姑且算作是一篇引导您去阅读的文字吧。

不敢妄称序。

李丹崖

2018 年 11 月 29 日于谯郡

目录 · Contents

我　本　行　者

目录 · Contents

第一章

/ 生命的滋味

站在拉萨的街头，我分不清东西南北。

看着眼前的布达拉宫，突然觉得生命中的磨砺都是值得纪念的。

湛蓝的天空下白云悠悠，晚归的夕阳洒下万道金辉。

神圣的布达拉宫偎依着远处的雪山，发出耀眼的光芒。

眼前川流的人群中没有我认识的脸庞，也没有人知道我是谁，我来自何方。

我不知道未来会遇见什么。真的不知道，也无法把控，只能听从内心的安排，此刻想说些什么就记录什么吧。

这就是西藏拉萨吗？怎么像梦一样？我问自己。

真的没有想到今生我能来到拉萨的街头，看人来人往。

可是现在的我置身于这片神秘的土地上，这的确就是现实。

碑

随着人潮前进，在队长南山和他妻子悠悠的陪同下，我终于站在了布达拉宫的脚下。

手摸着布达拉宫墙外的铜色转经筒，有点好奇，有点欣喜。

脚步轻飘飘的，内心涌起一种莫名的平静感、奇妙感、胜利感。

眼前的转经筒无数人转动过，虽然我与他们没有真实地相遇，但他们的影子就像风一样从我的脑海掠过。

有孩子的背影，有驼背的老人，有衣着华丽的妇女，有魁梧的国外友人，还有身材苗条的少女。

我看到前面的转经筒一直处于转动的状态，像疾风带动的风车，速度很快，也很美。

不知是手没有力气，还是转经筒有些沉重，我转动转经筒的速度很慢。

拉萨街头手持转经筒的老人

前面驼背的老人，我看不清他的脸，但是能听见他口中念着的观音心咒，即“六字真言”，他的步伐沉着有力，左手转动的小转经筒发出悦耳的声音，当他那只有力的右手滑过布达拉宫墙下的大转经筒时，如雷声般的轰鸣声便回响在这方天地了。

西藏是片神奇的土地，关于藏传佛教的传说和神话，许多人都深信不疑。据说在西藏的每个寺院、每个转经筒上都刻着藏文的观音心咒。

转经筒又称“嘛呢”经筒、转经轮等，以清净恶业、积聚功德而著称，与“八字真言”和“六字真言”（六字大明咒）有关，藏传佛教认为，持颂真言越多，越能表示对佛的虔诚，越有可能脱离轮回之苦。

也有人说转动转经筒是一种祈福的方式。

除了使用转经筒，藏族同胞还有许多独特的祈福方式，比如转神山、拜神湖、撒风马旗、悬挂五彩经幡、刻石头经文、放置玛尼堆、供奉朵玛盘、酥油花等。

这些也是我们从四川进入西藏后几乎每天都能看到的风景。

一踏上西藏的土地，你就能从路边、寺庙里看到一个个手摇各色转经筒的藏民。

他们大都身穿藏袍，手中摇着转经筒，把长手柄的另一端放在皮套里，然后右手扶在转经筒下，使它轻轻地循着顺时针方向转起来。随着转经筒的快速旋转，转经人认定，他的功德也在快速地积累，据说，转动一周转经筒的功德如同念诵《大藏经》一遍。另外也有传说认为转动转经筒可以清除所有奇怪的疾病及邪灵。

我每次用手机给路边的那些藏族同胞拍照时，他们都特别友好，所以我觉得每一张照片都像一幅美丽的画。

难道人们到达遥远的西藏只为转动一次转经筒？

不是，至少我觉得不完全是。

你看那些匍匐在地的男女信众们，三步一磕头地围绕着布达拉宫的外墙，他们浑身沾满了泥土，衣服也磨出了洞，脸上是饱经风霜、阳光侵蚀的古铜色皮肤。他们应该是从很远的地方步行而来，有些疲惫，但眼睛却是如此清澈。

我有无数次的冲动，想去采访他们，想知道他们的故事，想知道他们来自哪里，还想知道他们在佛前祈求些什么。

可是我没有付诸行动，我觉得这就是信仰的力量。我对藏传佛教的认知也只是皮毛，我的问话也许是对他们的亵渎。

我停下了脚步，眼前的灯光突然让我有些眩晕。

此刻布达拉宫高墙外一片宁静，远处的灯光已经亮起。此处并没有车水马龙，路两边的人流向前涌动，没有人大声喧哗，只有商店里的老板招呼客人的殷切声音。

在这种宁静与热闹中，我忘记了自己是谁，我来自哪里，我要到哪里去。

前面领路的南山队长突然转过身来问我："华悦，怎么停下了？哪里不舒服？"身后的悠悠也赶了过来，抓住了我的手。"妹，累了吗？怎么你的手还是这么凉？"

"没，没有什么，我的眼睛怕光，怕风，风一吹眼睛就会流泪。"我微笑着解释，从口袋里掏出了纸巾，擦了下模糊的眼睛。

我不想让南山和悠悠这对夫妻看到自己流下眼泪的样子。

"转一圈也就半个小时，转完我们就去吃晚饭。"南山手里端着茶杯喝了一口水，有些困惑地看着我。

悠悠也是如此，关切的眼神提醒着我，自己还有他们的陪伴。

我不知如何跟南山表达我的心情。

拉萨街头 1

拉萨街头 2

此刻我真想对南山和悠悠说声“谢谢，感谢一路照顾”。

我们一路从四川来到拉萨，就像唐玄奘西天取经，经历很多磨难到达目的地后，突然有种重生的喜悦，可是却不知如何说起。

“想想这一路走来，能到拉萨真是不容易。”我笑着回答南山的问话。

“读万卷书不如行万里路，我此刻好像就在梦里一样！”感叹着眼前的一切，我的情感突然变得脆弱起来。

“这不是梦，这是现实，我们明天上午参观完布达拉宫，可以去大昭寺和小昭寺看看，三天的时间足够我们在拉萨溜达。后天我去见一个生意上的朋友，中午一起吃个饭，然后再休息一个晚上，我们就可以直接走青藏线，唐古拉山、可可西里都在这条线上。”南山和我谈着未来几天的计划。

我点点头附和着南山，梦中的可可西里到底是什么样子呢？奔跑中的藏羚羊我还没见过，还要有一周的时间才能走完青藏线，那将是什么样的风景？我真的想象不出。

南山平静地打量着我，经过一天的休整，他精力充沛，只是嘴唇还有些干裂，他的脸色经过这趟西行的洗礼也越发黑亮了。他笑着对我说："华悦感觉如何？来过西藏的人都说西藏容易让人'中毒'，你不会也'中毒'了吧？"

"哈哈，采访我吗？来到拉萨，感触实在是太多了，一句话无法表达，中毒了，西藏的毒！以前没有来过西藏不能理解中毒的意思，现在终于理解中毒的意思了。"我大声笑着，从背包里掏出杯子喝了口水后说："就这只杯子也有故事呢！这还是雅鲁藏布江附近的藏民送的呢！"

"华悦是不是冷啊？手冰凉冰凉的。不过华悦脸色也变黑了！"悠悠慈母似的关心着我，嘴角扬起，拉着我坐在旁边的长椅上，用她胖嘟嘟的手把温暖传给我。

"你们两个脸都有点黑了，出来这么多天了，每个人都有变化。不过拉萨也是夜里冷，白天温度高，说下雨就下雨，说有风就有风。"南山看了悠悠一眼，接着说，"你要是感觉冷我们就回去。"

"我不怕冷，我是担心华悦冷！"悠悠温和地解释。

是的，此刻在布达拉宫的墙角下，我感到了夜的凉意。脸黑点算什么呢？都说西藏的紫外线强烈，我还不信，没几天我就发现我的脸像抹了一层古铜色的粉，特别是我的鼻子，本来鼻子很小，在脸上没有多少存在感，现在却很明显。

但是，我却感受到从未有过的兴奋和轻松。

悠悠和南山的关心让我心里感受到亲人般的温暖。我们放弃了转动转经筒，在长椅上短暂地休息了几分钟便又开始前行。

我平复了激动的情绪，掏出手机拍了几张布达拉宫的夜景。

我们依然跟随着转经的人们前进。

围绕着布达拉宫从左到右转了一圈，又回到原地跟着南山和悠悠到布达拉宫附近的菜馆去吃川菜。

说起来我的记性真的不太好，也许是高原反应的缘故。

路过的很多地方我都记忆模糊，那个四川的菜馆叫什么名字？

我真的记不起来了，大概叫姐妹川菜馆。

只记得这家菜馆味道不错，老板娘的模样也不错，有我喜欢的文艺范儿。

菜馆位于布达拉宫左侧停车场后面的大院内，南山说他第一次带队来西藏时在这里吃过几次饭。

驾驶员因有事请假，未能与我们共同进餐。

我记得这个晚上就我和南山、悠悠三人吃饭聊天。

大家的心情极好，南山和悠悠还谈到他们一起白手创业的艰难过程，我听着钦佩地想哭。

我和他们夫妻俩仿佛有说不完的话题。

饭店快要打烊了，左右环顾已经没有了其他客人。

我和南山、悠悠一起回到了我们住的西措青年旅馆。

大家的高原反应已经减轻了，所有的苦难好像已经离开，说说笑笑，还在路边买了几杯酥油茶。走进旅馆的大门，抬头就看见吧台里值班的帅哥对我们微笑。

年轻的服务生微笑着提醒我们："你们在阳台晾晒的衣服要及时收好，夜里可能有雨。有什么需要可以及时和我们前台联系。"

"谢谢提醒。"悠悠也随着南山迈进了旅馆的大厅。

西措青年旅馆距布达拉宫很近，走过去也就十几分钟。

这是我们到达拉萨后住的第二家旅馆。

相比第一家，这家旅馆的位置还不错，服务也周到，房间干净，床很柔软。

老板是个年轻人，据南山说是青岛大学的老师，辞职后自己创业。

南山上次到拉萨的时候，也是在此处休整。

不过这家旅馆的缺点有两个。其一是夜里直到天明还听到隔壁娱乐场所有人唱歌，歌声听得也清晰，都是流行歌曲，我并没觉得厌烦，虽然音响对休息有影响，但是多日的劳累使我很快又进入梦乡。其二是住店的时候，停车的地方不好驶进，入住时驾驶员海子提前联系旅馆的服务人员，在他们的引导下停驻在附近的一个地方，我们的行李也是费了很大劲儿才提到旅馆。

我们三人今晚的兴致很好。

旅馆一楼的墙上正在播放电影，聚集了一些住店的客人，有打牌的，有看手机的，有认真看电影的，西措青年旅馆的店长也坐在圆桌上和几个员工开着会。

我和南山夫妻俩安静地坐在茶吧里。

我一边看着电影，一边喝着最地道的酥油茶，悠悠想回去收拾阳台的衣服，南山急着埋单，我拦了一下，南山也没推辞。“路上我们说好的，到拉萨我请你们喝茶。”味道纯正的酥油茶不是很贵，小杯酥油茶几口就干了。

墙上的电影我扫了几眼，是国外的大片《拯救大兵瑞恩》，大厅里弥漫着一股烟草的味道。

南山不吸烟，也不喜欢烟草的味道，因此提议我们回房间休息。

明天活动也不少，要去布达拉宫参观，还要去大昭寺等地看看，所以今晚也应早点休息。

说实话，今天午饭过后，我和悠悠睡的午觉很长，也是入藏后第一次能好好睡觉，所以到现在也没有睡意。

我们一行人昨天半夜来到拉萨，到了之后又去找饭店吃饭，吃好饭以后，已经是凌晨，倒在床上没有两分钟就睡着了，对于我和悠悠姐来说，这已经不是第一次了。

今天上午我和悠悠在布达拉宫买票，排队就用了两个小时，站得腰酸腿疼，买到的票也是明天的。

据南山说，三月份是旅游淡季，门票一百元一张，现在六月份是旅游的旺季，布达拉宫每日接待的游客数量有限制，门票就涨到两百元一张。

我和悠悠爬到旅馆的四楼，衣服还没完全收好，雨就哗哗地落下来了。拉萨的雨就像传说中的一样，来得急，来得快。

悠悠回到房间，把衣服挂在卫生间的晾衣架上，就迫不及待地打开视频和孙子通话，这是悠悠每天的“功课”，也是她一天最开心的时刻。

我烧了一壶水，几分钟水就开了，我跟悠悠打声招呼示意离开。

“我想到旅社的书吧看看，一会儿再回来。”

“嗯，好！我一会儿去找你！”悠悠一边在视频里和儿媳说话，一边向我漫不经心地摆摆手。

我们的房间到书吧也就隔着几个房间。

西措旅馆的书吧很是温馨，书架不高，书数量不多，种类却很丰富。

有不少关于西藏的书籍，也有报纸杂志，还有世界名著。

可以看到司汤达的长篇小说《红与黑》，福楼拜的《包法利夫人》，夏洛蒂·勃朗特的《简·爱》，海明威的《老人与海》等。

几本书我随手翻阅就原处放回，在这里的时间每一分钟都很珍贵。

随手拿起一本关于西藏活佛仓央嘉措的诗集坐了下来。

沙发和桌布的颜色看着很破旧，但是却很干净。

雨水拍打着屋顶，声音很响，玻璃窗外一片模糊。

书吧里面有两个年轻的小伙面对面坐在地上，却不说话，拿着手机聚精会神地上网。

我品尝着热乎乎的酥油茶，一股淡淡的麦香在口中蔓延。

书翻了几页又放在桌子上，我掏出手机浏览了一下微信，翻阅着一路西行的照片，每一张都是一段难以忘记的回忆。

书吧里没有空调，空气有点凉，我听着书吧里的轻音乐，想着这次西藏之行的不易，眼泪瞬间流了下来。

时间是二〇一七年六月十九日晚。

我的眼泪没有丝毫悲伤，我的生命好像又一次经历了风雨的洗礼，再次重生，这也许就是生命的滋味。

第二章

/ 川藏的诱惑

自我宣布去西藏的那天起，风在我的面前就一直保持沉默，他自知无法阻止我去西藏，所以对于这件事他一直闭口不谈。临行前一周，他终于忍不住对我进行了劝阻，我还是没有妥协。他和我开玩笑："亲爱的，你不写点东西留下来吗？或者把你的银行密码留下来给你的儿子？"

"写点东西？我什么也不写，本来想写的，你这么说我就不写了。你不就是想让我留点遗言吗？"我故意轻蔑地一笑，"生死有命富贵在天，我走了对你也许是好事，至少你可以去寻找真爱了。”

“哼，你这人不识好人心。”风装作生气的样子。

风的心情我可以理解，他的担心也理所当然。

其实该解释的早就解释过了，我的朋友有的已经第二次成功行走西藏，她们可以，我觉得我也可以。

南山他们也是去过西藏的，他们有经验。我认为旅途再难，能难过生命中的磨难吗？

风说的也是实话，他几年前去过西藏，他说高原反应的滋味实在难受，头痛欲裂，生不如死。

他去西藏的时间不足一周，却让他立下终身不再去西藏的誓言，他回来时还在喝治疗高原反应的中药。

这些年我无论去哪里旅游，他都没阻拦过，唯独这次他认为我是拿生命在冒险，说得难听一点这次可能就是死亡之旅。

“你不要再吓我了，我已经决定了，我们是房车，里面有缓解高原反应的药和氧气瓶，队长说配套齐全。”我呵呵一笑，自信满满。

“你想得太简单了，坐房车也会有高原反应。”风依然坚持自己的意见。他看着我，眼睛瞪得大大的，说他终于理解无知者无畏这句话了。

真的，我没有那么矫情，不想留下遗书。

在我的笔记本里留下银行密码，只是以防万一。

我收拾好行李箱，根据南山队长的要求带了些必需的生活用品。

藿香正气水、感冒药、消炎药、创可贴等，需要带的药我必然带好，包括朋友送的红景天。

虽然没有经历过高原反应，但是别人的意见我还是重视的。

“你别忘记了你是病人！”风的表情很是严肃，他软硬兼施。

“我早忘记我是病人了。”我突然想对风发火，“你不要老是提醒我是病人，好吗？你不能老这样打击我。”

“我没有打击你，这是事实。”风也生气了。

“你看看我像个病人吗？我觉得我比你还健康。”说实话，我知道风是为我好，但我听到病人两个字就难受，他不该揭我的短处。“你看看家里的活我什么都干，工作表现得也还算好，经济也比较独立，和正常人一样。”

“固执，你就是固……执。”风气得结巴起来，“好吧，随你便吧。”风的劝阻最终以无奈收场，“最后记住一条，不行咱就返回。别忘记你的病友紫芦是怎么走的！不能盲目自信。这么远的路，什么意外都有可能发生。”

“嗯，没问题，坚持不住就回来。”知道风的脾气，我迅速转变了态度。我笑着跟风许诺、拥别。

弟弟若水打电话来：“姐，好好的日子不过，去找死吗？”

弟弟说话更直接，不如风委婉。

“跟你说你也不懂，我这是向死而生。”

我告诉小弟，我们每个人的一生都无法逃避两个字“无常”。如果生命真的遇到什么变故，也是命该如此，所以不用担心。很多人都知道生死两字，很多人愿意谈生，谈人生，却不想谈死。但生与死是人类必然要面对的，从出生到死亡，这两个字贯穿我们的一生。生是常态，死是必然。只是生命有长短，死亡有无常。

这些年经历了别人的生死、亲人的离别，也渡过了自己生命中的难关，我比谁都懂得珍惜眼前的一切。

有时候即使你知道别人的过往，你对别人的理解也可能是片面的，也许这时沉默是一种对生命的尊重。

当然我不是特别在乎世界对我的评价，如果在乎的东西太多，我怎么能轻装远行？其实我最在乎的是亲人，最在乎我的也是亲人。

“姐，你还是要注意安全，你有今天的生活不容易。否则这些年你努力奋斗来的房子、车子，包括孩子都是别人的!”若水挂断了电话。

“哈哈，我都懂。”小弟说得有道理。这也不是危言耸听。

最后还有母亲的电话。

哭泣是母亲的武器。她絮叨了半天，诉说失去父亲的忧伤。她的言语中，有着对父亲最深情的怀念，有着对生老病死的无奈，有着对子女的挂念和依赖，也有着对子女粗心大意的埋怨，总之她不想再失去我。

她说，她虽然没去过西藏，但听说西藏是个荒凉的地方，人去了，氧气稀薄，可能有生命危险。

“不用怕，如果我真的死了，我会把你的生活费给你预留好，不会让你老无所依，不要以为嫁出去的女儿就是泼出去的水。”我和母亲开着玩笑。

不等母亲把话说完，我就建议母亲：“挂了电话吧，什么都不用再说了。”什么都已经晚了，我已经在西行的路上了，现在已经到达四川，不能回去了。

“唉!”母亲叹息一声挂上了电话。

其实当母亲提到父亲时，我的眼睛就被眼泪模糊了。

我爽朗的笑声、犀利的语言都是在母亲面前的伪装，而在伪装下的那个害怕黑夜、害怕死亡、对生命感到种种困惑的我才是真实的我。

风是我的丈夫，但他不懂黑夜里我的忧伤和恐惧，他也看不到我的伪装。我对一切都很消极，我不想跟人沟通。忙碌的工作，换来的除了口袋里工资的增长，还有我额头潜藏着的白发。

面对工作中复杂的人际关系以及广告客户提出的要求，我总是认真地修改方案，拖着疲劳的身体去完成领导交办的任务。

我忏悔，忏悔自己对名利的追逐。

我厌倦了每日的忙碌。我忏悔，忏悔我因忙碌减少了对亲人的关心。

亲眼看着父亲生前被肺癌折磨，但我却无法帮助他解除身体和心灵的痛苦。我以为我早已逃脱了不幸的魔掌，可是没想到它一直就在身边。

父亲的死亡又一次给我的人生上了一课，也又一次给我的人生带来重重的一击，它把我的梦想击碎，让我重新审视了自己的人生。

我不能肯定我是否患上了抑郁症，只是我不再感觉到工作的快乐。很多时候，我只是静静地坐着，冷静地思考着未来的日子。但那种冷静换来的是思绪的纷乱无章，偶尔能将内心的热情点起却又即刻熄灭。一切的辉煌，不过是过眼烟云，人最终要和死神相遇。

在父亲去世后的日子里，我每个夜晚都渴望做梦，希望能和父亲再见一面，能再好好地谈一次，问问他在那里还好吗？那里是一个怎样的世界？有没有悲伤？有没有疼痛？有没有不公？身上的钱够不够用？

我不想父亲离开这个世界，我觉得父亲也不想离开这个世界，可是这就是现实，人间有他太多的牵挂，父亲才六十七岁，正是该享受天伦之乐的时候。

这让我感受到了命运对他的不公。父爱如山，对于父亲的思念灌满了我的白日和黑夜，他走了，我的山塌了。

那时，表面上看我是“女汉子”一枚，甚至有时很“二”、大大咧咧。但实际上，我精神颓废得不能自拔，我也想帮助自己逃离这种心境，明白这样下去对自己的身体不利，知道应该珍惜当下。

可是在我的人生中父亲总是住在我心灵深处，我无法把他安放别处。

风看不到我的脆弱，每次听到风跟我谈出行要花多少钱，装修要花多少钱，车位要花多少钱，我都会感到厌倦。我觉得他的心思仿佛都在钱上，他根本无法了解我内心的恐惧和担心。

对死亡的恐惧又一次让我感到内心的孤独和寒冷。

这些年，自己早已经习惯独来独往，十年来拼命地工作，也算让生命没有白活，至少我的生命努力绽放过。

没有谁能成为我强大的精神支柱，也没有谁能让我放下对父亲的愧疚。

失去父亲的疼痛，一次又一次地折磨我的心灵，也许只有自己想开了，才能迈过去眼前的这道坎儿。

我跟部门领导请假，他郑重其事地劝导我。他说，他也有过失去亲人的迷茫，能理解我的心情，外出走走散散心也不错。不过几年前他带队去过西藏，有几个人差点回不来，有的同行的人到了西藏就住进了医院。

“你身体行吗？你跟正常的人还不一样，你不能拿生命开玩笑。”

我恳切地回答：“感谢领导关心，我已经做好充足的准备，这次入藏跟着户外的房车团队，他们有入藏经验，而且我的病友们确实有几个已经成功走到了拉萨。”

是的，武汉的病友不飘哥连续去了两次，风信子不久前也到了西藏，我也是受了他们的鼓舞，才坚定了决心。

“那你什么时候出发？”领导关心地问。

“就是这周，六月八日早晨。我也是刚接到队长通知，上个月报的名，费用也已经交上了。”我如实地回答这次旅行的情况。

“那就写个请假条吧，反正上半年的工作任务你也基本完成了。”领导说完又叮咛着我要注意身体第一，安全第一。

临行前我去了市里的医院做了检查。

周五宋院长坐诊，他是我熟悉的医生，对我的身体情况也比较了解。没有宋院长，就没有我的今天，是他检查出了我的病症。

这些年我和他成了朋友，刚认识时他还是重症病房的主任，现在已经荣升为副院长。

我的各种指标都在正常的范围之内，肝胆脾肾很好，只有血常规检查三系指标有些偏低，但不会有什么大碍。

他用听诊器听我肺部及心脏的时候，还跟我开玩笑：“心脏怎么跳得这么快！”

我说，激动罢了。

驾驶员海子提前要了我的身份证号码，我用手机拍下，微信发给他。

他说要买这次出行的意外保险，还需提供一个人的名字。

我说，那就填我老公吧，万一我有事，去了西藏回不来，还需他去处理，受益人也写他。

我还把风的手机号码给了他。

第三章

/ 孤独的石头

我是个平凡的人，网名华悦。

梦想房车户外车队的队友们都称我为范老师。

我想去开启这一段新的旅程，但其实自己对于西藏的了解也几乎空白，西藏有多远我不知道，什么是高原反应，我甚至说不出所以然来。

我记得海子有一首诗形容西藏：“西藏，一块孤独的石头坐满整个天空，没有任何夜晚能使我沉睡，没有任何黎明能使我醒来。一块孤独的石头坐满整个天空，他说：这一千年里我只热爱我自己，没有任何泪水使我变成花朵，没有任何国王使我变成王座。”

海子把自己置身在西藏这样的土地上，仿佛他就是高高在上的、自在的、孤独的王。

据说在《西藏》中，海子的精神世界得到了彻底的宣泄和慰藉，获取了孤独的快感和欣慰。

还有仓央嘉措关于西藏的诗歌，我记忆最深的有这几句“住进布达拉宫，我是雪域最大的王。”

“流浪在拉萨街头，我是世间最美的情郎。与玛吉阿米的更传神，自恐多情损梵行，入山又怕误倾城。世间安得双全法，不负如来不负卿。”

“我生命中的千山万水，任你一一告别。世间事，除了生死，哪一件不是闲事。”

我从文字里了解了海子，了解了仓央嘉措，我从诗人的文字里懂得生死才是我们人生的大事，我们是生命的行者，也是生命的过客。我的人生经历了生死考验，我必须为我的生命交上一份答卷，无论这份答卷分数高低，无论我文字功底是多么的浅薄。我感谢这些文学的力量滋养着我残缺的人生。
一代英才海子最终也逃脱不了命运的安排离开了这个世界，仓央嘉措这位有情的活佛也逃脱不了俗世的感情，何况我一个俗人？

我异想天开，一直想写封信给父亲，可是却不知天堂里的邮局在哪儿，不知道我该怎样寄给他。
不知道他会不会出现在梦里，我好想和他说说话。
我对他的思念与日俱增，却不知该如何与父亲对话。
父亲到底去了哪里？我想知道答案。
父亲是一个天生耳聋的人，要好大的声音才能和他交流。
父亲的患癌经历，我现在都不敢把它变成文字。

无常，他到底是何方神圣？他每一次出手都击中我的要害。
他曾经把我从谷底拉到高峰，又从高峰推入山谷。
试想那是怎样的人生？
有时我觉得自己天生不是智者，只是对人生有着感性。
说起无常，我对他既害怕又敬畏，他就像是我的导师。
佛家认为世间一切事物生灭变化，迁流不住，没有永恒不变的东西："未曾有一事，不被无常吞"，所以我认为死亡之神也无处不在。

赵朴初老先生说世间一切之法，生灭迁流，刹那不住，谓之无常。

我这个俗人理解的就是谁也无法逃脱生老病死。

世上还有一“无常”，则为民间传说的勾魂小鬼“无常”，分为白无常与黑无常。

鲁迅先生言，无常使生灭相续。

突然我想起韩寒的一本书——《1988 我想和这个世界谈谈》。

不，世界太大。

我只想去西藏走走。

“姐，你怎么想起去西藏呢？可以去的地方有这么多。”

我胡乱应答了几句。

我只想去西藏看看，也许是因为西藏是离天堂最近的地方。

也许在那里，我能感受到父亲的灵魂。

临行前风问我：“你们队长知道你的病吗？”

“不知道，我不想让人知道我的过去。我和队长也不熟悉，都是朋友介绍的。”我说了实话。

“唉，你最初给我也报个名就好了，我陪你去还可以有个照应。”

“说什么都晚了，我现在准备出发了。”突然离开家这么长时间，我也有不舍，故作轻松和风拥别，我知道他是操心的命，我的这段旅途会让他不安。

“也许我想证明我不是一个病人!”我异常执着自己的想法。去西藏的路途有多远，要经历何种风景以及高原缺氧的滋味，对我来说都是未知，也许就像风所说我是无知者无畏。

一个月前在朋友的介绍下我报名了户外川藏线房车团。

队长南山发来团队出发的路线和具体时间。

川藏线即川藏公路，是连通四川成都与西藏拉萨之间汽车通行的第一条公路，一九五八年通车，是318国道的重要组成部分。

同时川藏公路317、318线被《中国国家地理》誉为中国的景观大道，以风景优美路途艰险著称。

南线由四川成都、雅安、泸宁、康定、东俄洛、雅江、理塘、巴塘、西藏芒康、左贡、邦达、八宿、波密、林芝、工布江达、墨竹工卡、达孜至拉萨，全长两千多公里。

沿川藏公路进西藏，须翻高山、跨急流，路途艰辛且多危险，但一路景色壮丽，有雪山、原始森林、草原、冰川和若干大江大河。

有人说西藏就像毒药，行走过程很艰辛，但却让人着迷，一旦能平安地归来，就会还想去第二次、第三次。

而那时我还不能肯定。

第四章

/ 初到稻城

二〇一七年六月十二日，地点稻城，平均海拔三千七百五十米。

这是我跟着俱乐部行走川藏线的第四天。

同时也是我高原反应的第二天。

我一直处于萎靡不振和昏睡状态，错过了不少风景。

“华悦，马上要到稻城了。”队长南山提醒。

“终于要到了吗？”我揉揉模糊的眼睛，准备从房车的床上爬起来。

“到了，好些了吗?” 南山关心地问。

“睡一觉好多了。” 我声音有些无力。

脑袋像是被踢了一样，因为下午在高城理塘发生了严重的高原反应，吃了药就进入昏迷状态，就这样一路到了稻城。

我起身坐在车内的椅子上。

夕阳穿透茂密的青杨林，泛着白色的银光。

客栈小楼的屋顶上五彩经幡随风招扬。

此刻已是夜里九点了，稻城落日的余晖还在。

我们的房车在客栈老板的带领下，穿过几条相互贯通的胡同，缓缓驶入客栈深处。

南山疲惫的脸上带着微笑，帮我们拉开了车门。

他扬起胳膊，做着一个恭请的姿势：“女士们请下车。”

“谢谢队长!” 我手扶着车门小心翼翼地下车。

接着是悠悠拉着我的手下车。“哎哟。” 悠悠轻轻地叹息着，她看了南山一眼，面露疲惫。

我感觉脚底轻飘飘的，浑身没有力气，说话也变得如此无力。

仰头看天空，湛蓝的天空不见白云的飘逸。

低头看地，胃里一阵恶心，伴随着头晕目眩，像做梦一样。
这感觉如同行走云端，没有经历过的人不懂，于是我突然醒悟，别人走过的路，自己没有亲身经历，就根本无法领悟其中的感受。

行走在云端

风景就在那里，经历着四季轮回，而我们看见的往往只是其中的一个季节。
网友章小可说，精神在天堂，身体在地狱。
我感觉这比喻颇为贴切。
呼吸着冰凉稀薄的空气，所有的棉衣都裹在身上，还是感觉冷气袭人。

客栈的大厅里，灯光有些昏暗，空中飘着空气清新剂的味道。这味道真的让我难以忍受。

我捂住嘴巴呼吸，坐在硬邦邦的沙发一角，等着南山分发房间的钥匙。

吧台看似服务台，其实就是一个小酒吧。

吧台后面的柜子里摆满了啤酒和饮料。

吧台的对面就是几张风格简洁的布艺沙发，上面铺着藏族特有的手工缝制的靠背垫子。

茶几上的花瓶里放着干枯的白色康乃馨和紫色的薰衣草。

客栈里住的人不多，我们一行的到来，打破了客栈的寂静。

客栈的老板是个年轻的有些文艺气质的女孩，她态度温和，站在吧台后面和南山一边聊天，一边分配房间。

她说："我们这里天气早晚不同，温差太大，你们是第一次到这里？这里海拔也挺高的，注意保暖，千万不能感冒，你们团队有'高反'的吗？记住不要洗澡，但是可以泡脚。"

"不洗澡，不洗澡，两天都没洗澡了。"我和悠悠面面相觑。

现在最怕谁提到"高反"两字，脑袋疼起来，生不如死。

我觉得我的耳鸣变得更严重了，嘴角已经开裂流血，鼻子里好像有东西堵塞，嗯，后脑开始轻微地疼痛。

嘴苦咽干，关键是思维好像也连接不上，有时不想说一句话，有时情绪躁动不安。

悠悠抱着脑袋说：“华悦，其实我真的难受死了，可是我又不能显出难受的样子。”

“真没有想到‘高反’这么厉害，度日如年，我明天就想回去。”

“这是南山第一次带我出来旅游，我不想让他看到我这么脆弱，再难受我都要坚持。”悠悠虽有些难为情，但她内里又有些惊人的毅力。

“我看这一路南山队长对你挺好的，你不要有压力。”我劝导。

司机海子把我的行李箱拖进了房间，我和悠悠就各自躺在床上。我们交流着“高反”的感受，相互安慰着，也不知什么时间，衣服也没脱，就躺着睡着了。

这高原反应在夜里更折磨人，让人根本无法熟睡，常常伴随着噩梦。

还好，经过三个小时的睡眠，我觉得我好像恢复了正常。

醒来时已经是凌晨一点，长夜漫漫，耳朵轰鸣的声音自己都听得见。

脑子里盘旋的唯一想法：回去，明天就回去。

我起来接了一壶水烧开。

悠悠此刻也醒了，我倒了一杯水给她。

睡觉前南山分别给我和悠悠服了药。

可是在接下来的时间，我和悠悠并没有很快入睡，悠悠一直在看手机。

我喝水，跑卫生间。

后脑的疼痛仍然明显，想继续入睡却很难。

请原谅我的颠三倒四，旅途的劳累、“高反”的折磨压倒了我的一切。

昨天是六月十一日，行走川藏线的第三天。

成都至雅安，我们告别了 108 国道一路向西。

雅安至康定段处于川西高原，穿越二郎山的隧道海拔三千五百米，我却丝毫也没感觉不适，因此心情无比愉悦。

从康定一路向西，我们还唱着《康定情歌》。

夜里在康定下了车，天空下着雨，感觉天气好像一下子进入了冬天。

南山跑了几家客栈都已经客满，后来我们住在康定汽车站附近一家简陋的民居。

南山说，下雨天在山里是不能走夜路的，不安全。

估计南山的车子也出现了一点问题，他内心很急，也想在附近找修理厂。电话问他情况，回答得总是模糊。

我转告悠悠姐，我说新车估计不会有什么大问题，不要急，估计是有一些程序没用过，我家的车也有类似情况。

行走了一天，还下着雨，能找到住宿的地方就很不错了。

房间很小，床也很小，一切都非常简陋。

打开窗户，后面就是大山湖泊，树木林立，山上泉水潺潺而下，发出“哗哗”的声音，风“嗖嗖”地窜入房间。

刚出川，还没进藏，随意一处风景都是一幅气势磅礴的美好河山图。

在险峻的川藏公路上，为何无论遇到什么障碍大家仍然一路前行？

为何川藏公路是户外“驴友”一个不灭的梦想？

徒步者，骑行者一路来总是相遇。

那背负的行李，压弯了脊背。

是一路的沧桑，还是一路阳光？

可可西里擦肩而过的骑行者

与狗同行

推车的行者

骑自行车的行者

我一直处于兴奋的状态，眼前被绿色植物覆盖的山脉，转身渐行渐远。前方展现的皑皑雪山，看着很近，实际上却很遥远。

随处可见的玛尼石堆

那山脚下自在的牛群，那山路拐弯处堆砌的玛尼石，那五颜六色的经幡逐步展现它们诱人的身姿。

随处都是风景，满山遍野的白色茶花依傍着远处的雪山。

我的心追随着阳光的脚步，一刻不停。

诡秘的大雾，慢慢地升腾，不足几分钟我们的眼前就一片模糊。

在二郎山山口大家下车拍照，小雨飘洒，多些浪漫。

还有我第一次穿梭隧道，记不清有多少公里。

南山说保持镇静，不要过于活跃。这些话我没觉得重要，它们就像一阵凉风，轻巧地从耳边飘过。

车在山里盘旋前进着，每一条山脉风景不同。

记得六月十一日早晨，我们从康定出发，我对康定的印象并不深刻，没有看到跑马的汉子，也没看出康定山脉的特点，只是感觉到了当地的潮湿和阴冷，让我好像从夏天到了寒冬。

在穿越无数的山脉以后，大约在上午十点钟，我们在一个美丽的山口停下。下了车，四周环绕的雪山虽远犹近，有车辆在此停靠。成群的人在和此处的标识合影留念。

这就是海拔四千多米的折多山山口。

折多山是传统的藏汉分界线，山里气候温和偏寒，远远可见皑皑雪山上有含苞待放的红色和白色杜鹃，山脚有玛瑙似的湖泊，路旁山坡上五颜六色的经幡随风“呼呼”作响。

大家在折多山口下车拍照，风速很大。

感觉空气稀薄寒冷，他们拍照，我又开始在车里追加衣服，其实自打从成都出来，所有的夏天的衣服都退下了舞台。

司机海子在车外不远处张望。

进藏第一关折多山

川藏线上第一祈福墙

“好了吗？姐姐，外面冷我要上车。”

我套上了最厚的抓绒上衣，我最怕的是寒冷，其次是感冒。寒冷真是让人不知所措。

虽然南山屡次提醒遇到再美的景色都不能冲动、不能兴奋，但是对一个热爱自然、经历过生死的人来说，我还是感受到视觉上的震撼，从内心产生了无比的愉悦，我甚至忘记了自己是谁，忘记了工作，忘记了失去亲人的痛苦。

第一次站在山头远眺，溪流边一群骏马奔驰而过，听着骏马仰天长鸣的声音，驰骋草原的快意好似来自梦里。

草原，骏马，河流，冰山，第一次近距离感受画中的景色，我无数次驻足观望。

我每一次发出赞美，南山都特别安静，他笑里有些神秘：“好风景还在后头呢！”其实这只是川藏公路的开始。

这条318入藏公路不仅有绝妙的自然景色，还有人文景观呢。

我们行走川藏南线，向西要经过二郎山，历史上的大渡河，金沙江、澜沧江、怒江上游、雅江、理塘等知名景点，过了林芝就到拉萨。

我们从巴塘入藏，晚上夜宿理塘。

这两天脑子一直不清醒，因为“高反”来得突然。地名是什么，到了哪里我没有刻意记录。

川藏线真正的风景在路上，南山说。

大家一路欢笑期待，赶紧奔向目的地雅江。

第五章

/ 走着就哭了

车子走走停停，遇到观景台就停下来。

下午一点半左右的时候我们到了雅江。

在路上稍带的两个外国青年男女也在此路口分手，临别时，两个外国友人拿出了钱包，示意要付车费。

南山向他们挥挥手："我们不要钱。"

318 国道上互帮互助随处可见，南山对我说。

我们的车停在 318 国道旁大山深处的一户藏民家。

藏民家的三层小楼，装饰风格独特，屋顶的五星红旗特别耀眼。

队长帮助陌生的行者拉车

下了车，南山和驾驶员海子不顾劳累，脱掉外套，开始洗车。南山对这里的一切都很熟悉，找水龙头，拿起水枪对准满是灰尘的车屁股，片刻水花飞溅。

因为停电，到了此处南山才知道途中所定的中午的饭菜泡汤了。只好自己在车上动手，不一会儿饭煲散发出米饭的清香。早晨从康定小吃店里买回的包子也还有很多。

我看到有一个皮肤黑黑的女人，穿着藏族的长袍正在水池里洗头。

我问南山："是不是女主人？"

南山看也没看就说："不是，女主人在楼上呢，遗憾的是男主人去县城里购物了。”

我开始感觉胃里不适，我不知此处的海拔有多高。

我问南山：“这里海拔多高？”

“不高，还没入藏呢。”南山很是轻松淡然。

也许他是担心我对“高反”的恐惧反而会导致心理的压力，所以才如此说。

早晨从康定出来的时候，天气很冷，此刻温度已经上升。

我坐在客栈的走廊里休息，本想晒晒太阳，海子说这边的紫外线强烈，不宜暴晒。

但我还是感觉在太阳下温暖。

公众的洗手间都在外面右侧套间里。

肚子开始抗议，或许是水土不服，我一会儿就跑了两次厕所。

我打量着这家藏民客栈，一楼的房间布置简单，因为停电而显得较暗。

我沿着木楼梯上了二楼。

窗外的阳光照进了大厅，这里好像是吃饭的地方。

我向另外一侧继续张望，黑暗中有两个妇女的背影在晃动。

“你好，你来自哪里？”一个胖点的妇女普通话很是标准。

“我是梦想房车团队的，领队是南山。”

“知道了，南山队长，老朋友，我们这里停电了！”

看到我要下楼梯，中年妇女还提醒我注意安全，楼梯很窄。

这个人也许就是老板红英，我猜测。

我下楼不足十分钟，看见她来到楼下院子里和南山说话。

“真是抱歉，我们这里的电不稳定。”她一边说话一边打量我们。

“没事，我们自己做饭了。”南山笑着说。

“我一会儿给你们烧好酥油茶，请你们上楼去喝。”老板娘大方，热情，皮肤黝黑，嗓门挺大，屁股很大，体型丰满。

“好的，你去忙吧。”南山也是客气，“我们自己做饭。”

好奇地打量着眼前藏族女人的背影，我说老板娘普通话不错。

女人和女人应该很好交流，我心里突然萌发和她交流的冲动。

“这里一般是骑游或者徒步到西藏驴友的落脚点。”南山说，“这里住宿费用不高，老板娘也很热情，很受户外驴友的青睐。你看，这里院子大，洗车停车也都很方便。”

“他们有孩子吗？”我问南山。

“有啊，他们的孩子都在上大学呢。”南山说。

南山看了悠悠一眼，调侃道：“是男人都喜欢西藏！”

悠悠也笑：“女人也喜欢！”

哈哈，我和悠悠对视后大笑！

黄瓜夫妻在门口拍照，向我们张望。黄瓜夫妻也是我们同行的队友，他们是云南人，是从云南飞到成都与我们会合的。

海子依旧低头用毛巾抹去车上的水珠。

我看了一眼海子，年轻真好，他仍在低头洗车，悠悠在车里做饭，我无事可干。

我抬头看见走廊的墙上留言很多，这也是一处风景。

墙上有一面面颜色不同的旗子。

几乎都是全国各个俱乐部的，有骑行俱乐部，也有越野户外俱乐部，而且都有留言，每一句、每一段都是一个有血有肉的故事。

我想只是把每个故事都记录下来，就足以让人震撼。

我记住一位骑行者的留言，然后用手机拍照留作纪念。

“推着推着就哭了，哭着哭着就笑了。”

走廊里一个消瘦的小伙子低头认真摆弄他的单反相机。

从成都骑行到拉萨，两千多公里，需要足够的勇气和胆量。

悠悠忙完以后，楼上楼下参观藏民的房间。

她跟我一样好奇，但是我却没有她充沛的精力。

我们梦想团队的成员，总计六个人。

驾驶员海子不到三十岁，小帅哥一枚，专业驾驶，开车沉稳。

悠悠是南山的老婆，跟我一样第一次去西藏。

可爱的司机

黄瓜和CC估计刚结婚不久，两个人亲亲密密的好像是在度蜜月。

他们从云南直接飞到成都与我们会合。

午饭是变蛋拌洋葱、水煮鸡蛋，悠悠从冰箱里拿出自己包的包子，放在微波炉加热。说实话，今天的午饭也是凑合，我只喝了几口稀饭，昨天还是好好的，现在吃什么好像都没滋味。

海子胃口实在是好，他每顿吃的饭都是我的三倍。我看他吃饭就好奇，他吃什么都有味道。他感觉不好意思：“华悦姐，你可不要看我了，我是不是特别能吃?”

我笑道：“能吃是好事，路上就靠你掌握方向呢。”

午饭过后，南山带着他们去楼上喝酥油茶，找老板聊天。

我因胃部不适，在车里翻翻手机，躺着睡觉。

第六章

/ 哭着就笑了

“准备出发！”南山让大家上了车，发布出发的号令。

午后，太阳偏西，我又一次从蒙眬中醒来。

悠悠刚刚坐下就说：“酥油茶喝得胃不舒服。”

我从车后面的床上起来后，把床位交换给悠悠。

看着海子把虫草像珍宝一样地收起来，我凑热闹让他打开看看。

“还不错，至少不是假的，都是给朋友捎的。”南山说，“朋友让给带些，都是从客栈买的。”

“虫草多少钱一个？”我问南山。

“三十块钱一个。”南山神采飞扬。

“比我们药都亳州要便宜好多，亳州要五十元一个呢！”我说。

车出大门的时候，我看到后面有一个高大沧桑的男人在和南山挥手告别。“哈哈，华悦遗憾吧，男老板回来了，看你睡觉没敢叫醒你，你也没能采访一下。”

“是的，挺遗憾的！”

午后房车一路向西，从雅江出发到达今晚的目的地理塘县城。

南山说：“这一路平均海拔都在四千米以上。”

可是我根本不知道海拔在四千米以上是什么概念。

我只是每天都要大概问下今天的主要行程。到达一个地方，我就开心地拍照，而具体的细节我没有关心过，也没怎么问过南山。

行走的前几天，我对于地名都是模糊的，甚至很陌生。

黄瓜小夫妻两个则非常细致，他们做足功课，而且对每一处风景的由来都是那么兴致勃勃地和南山交流。

车子下午要途经剪子弯山、高尔寺山和海子山等平缓高山，一路翻山越岭。夜里七点左右到达理塘县城住宿。

理塘是川藏线路的重要分路点，往北可抵达新龙和甘孜。

我们明天则要往南赶往稻城等地。因为稻城是我们的目的地之一。宽阔平坦的理塘处于毛垭大草原，此地是西行途中海拔最高的县，被称之为“世界高城”，也是川藏线上最有名气的风景之一。

这些都是我后来无意中从南山和黄瓜的谈话中知道的。

悠悠在经历海子山时，突然从车后面床上爬起来大喊：“我好想吐。”

她一直唠叨，她是从来不生病的，这辈子都很少生病。

她说她都不知道什么是感冒，她喜欢做饭，在家里什么都吃。

她说根本不喜欢喝水，看着我抱着茶杯都觉得是累赘。

她喝酥油茶却喝坏了胃！

我不知道这是不是高原反应。看到南山，他态度镇静，感觉他心里应该有数。

悠悠说：“喝了酥油茶就开始难受了。”

刚开始悠悠还抱着垃圾桶呕吐，后来看她吐得严重，海子在山路边找了个宽敞点儿的地方把房车停靠下来。

悠悠下了车继续吐。我也跟着下了车。

山路的右边竟然是陡峭的悬崖，山风“呼呼”作响，看起来特别吓人。

我担心一不小心就会被刮到山底。

南山不慌不忙，贴心地照顾着老婆吃药。

险

先是藿香正气液，接着又不知道是什么药物，一并让悠悠服下。

然后他又从车里放水把垃圾桶清洗干净。

海子很沉稳，一路无语，掌控着西行的方向。

车刚前行不远，悠悠又把刚刚吃进的药吐了出来。

黄瓜小夫妻俩一直彼此相互依偎，享受着他们口袋里的小零食，偶尔我们也相互分享。

在山顶，望着陡峭的山崖，我胆战心惊，不敢再次向山底张望。我只能遥望天空，或者闭上眼睛。

无名山底

突然，我想起了风。

我知道风一直默默地关注着我的微信，虽然他没有一句问候的语言。

风也去过西藏，他说缺氧是他遇到的最大难题。

他那一次回来以后，发誓不再去第二次。

缺氧无疑是很多人行走西藏的梦想破灭的直接原因。

因为缺氧会危及人的生命，甚至已经有不少人因此失去了生命。

我曾经也在网上查阅有哪些人不可以进藏。

患有高血压、心脏病、哮喘病的人不宜进藏，还有血液病患者也不能进入藏区。

进藏前不要感冒了，否则到了西藏“高反”严重的话会导致肺水肿。

在川藏公路上也许行走几百公里都没有人烟，现在看来确实如此。到处都是深山老林。

医院不像我们那里，就在隔壁的街上。

其实有些艰险是随处可以看到的，就如此刻脚下陡峭的山崖。

如果没有足够的胆量，看看很多山的路口被摔得变形的车辆，就已经让人胆战心惊，稍不留神，粉身碎骨绝对不是危言耸听。

车继续前行，翻山越岭。

我坐在车厢的中间，南山和悠悠也是。

黄瓜夫妻坐在前排。

对面山峰上缓行的车辆，让我没有丝毫睡意。

悠悠在车上开始吐的时候，我心里还暗暗地为自己庆幸，我只是轻微的胃部不适，也许我不会出现严重的“高反”。

我记得二〇一六年三月到云南的香格里拉。

我在海拔四千多米的普达措公园走了两个小时，胃里突然折腾，吐得乱七八糟，晚上什么也没吃，领队说是“高反”。

我觉得可能是我中午吃药的缘故，刺激了肠胃。

当晚在香格里拉的酒店里休息了一夜，第二天便恢复了。

我盲目地自信，我不会“高反”。

其实高原反应只是时间早晚的问题，我的自信来自我的无知。

我们梦想团队是在初夏组建的。

我记得二〇一七年六月八日上午九点左右，我们从药城出发到成都。

四川成都出发前在车里记日记

朋友章小可跟驴友外出旅游的经验多些，她不时提醒我，出门就要放下身份，放下板起的面孔，户外驴友不互相打听对方真实的姓名和个人隐私，融入团队才会更放松。

融入团队对我来说没有什么难度，我以前出门都是风带着我，他带着走到哪里，我们就在哪里。自驾或是旅游从来都是漫游，从来没有操心过前行的方向，我最担心的是自己的身体。二十天的时间一直在路上，路上会有什么？我平时生活规律，每天中午都要有足够的休息时间，下午才去工作。章小可说："一路这么美的景色可能你会忘记睡觉。"

章小可把南山和海子的照片发给我，虽然还没相见，但是已经有初步印象。

"华悦姐，不要担心，你行的，车上配有氧气罐，'高反'药也有，而且南山很不错，司机海子也很勤快，一路行李他都可以帮你。"章小可把我的困惑都一一解答了，我才下定决心报名西行。

第一次与南山队长见面和我想象中的有所不同，也出乎我的意料。

他首先向我介绍自己的真实姓名，然后介绍悠悠是他的老婆，一位四十七八岁模样的年轻奶奶。

我打量着悠悠，她皮肤白白的，脸上肉肉的，性格很是随和，只是眼角有岁月走过的皱纹，记录着一个女人的青春易逝。

南山笑笑说："我老婆也是第一次去西藏，是专门陪你的。"

"本来她这次不能过来的，考虑回来的路上，青藏线上可可西里那么远的无人区，你和海子两个人回来有些不放心。所以就跟着过来了。"

我感激地笑笑，人多热闹些。

驾驶员海子，有十几年的开车经验，去过西藏，西行经验丰富。

南山也比较坦率，说自己开办梦想房车俱乐部的目的，不是为了挣钱。因为自己和别人在常州合伙开了房车公司，自己又很爱户外行走，所以也希望旅途中既能展示房车，又结交新的朋友，一举两得。

第七章

/ 南山和悠悠

我打量着眼前的南山队长，他个子不高，但看着很沉稳。他的自我介绍很精练，我感激他的心细，也很欣赏他的直爽。他老家在蒙城，常待在常州，也在杭州开过很大的宾馆，做着不同的生意，有灯具公司，有饭店，有网吧等。

南山也是一个有故事的商人。

他不仅心思细腻，而且还有丰富的户外行走经验。

南山和我见面，首次聊天的内容就打消了我西行的疑虑。

他说前几年他在云南穿越过茶马古道，翻越过老君山。

他说那次背着行囊七天七夜的步行是个难忘的记忆，一行人一周和外界没有联系。

我说："您想过放弃吗？"

"想过，前三天太辛苦了，每天晚上都想过放弃，可是第二天起来就依然坚持。

因为我也是第一次步行翻越老君山，同行的是云南的几个驴友。

初次进山，每一步都是艰险，都有坠入山崖的危险。

身体的劳累，途中的艰险，第一天晚上我就想过放弃。

没办法洗澡，吃的是压缩饼干，喝的是山里的泉水。

雨水，有时猝不及防。山风，也寒冷刺骨。

山里的天气变化也快，衣服脱了再穿上，如此反复无常。晚上和队友挤在一个帐篷睡觉的时候，就想到天明就放弃，可是休息了一个晚上，第二天又就跟着队友出发了。"

"为何你不回去呢？"

"当看到同行的女队友都在坚持的时候，当看到每一个队友在每一个悬崖边拉着手互助爬行的时候，每个人身上背着食物，虽然很艰难，但这种团队的互助精神十分温暖人心，大家一路互相帮助，谁也没有放弃谁。而回去的路同样是艰难的，只能往前走。”

因为三月我也在云南，对茶马文化多少了解一些。

茶马文化创造了丽江的繁荣。

我和老公骑着马体验了一段，骑在马上，惊险无处不在。

看着崎岖的山路也会胆战心惊。

后来由马夫扶着下了马，两条腿木木的，很痛，屁股也疼了不少天。

南山的这段经历让我对他感到由衷地敬佩，对他更加信赖。

“户外行走最大的感触，不是征服大自然，而是借助大自然的力量征服自己的内心。”

我们每个人只是大自然里一分子，在与自然的亲密接触中，我们能感受到人类的渺小。

我问队长：“我们这次西行怎么走?”

南山说：“我们不走回头路，从成都一路向西。”

“到达拉萨我们直接走天路，也就是青藏线，穿越唐古拉山、可可西里无人区、昆仑雪山等，继续东行到达敦煌莫高窟，穿越沙漠鸣沙山和月牙泉等，可以领略不同的西域风景。”

海子说："我不是把线路发给你了吗？"

我说："收到了，但是好多都不熟悉，不如直接介绍，简单明了。"

我跟悠悠开玩笑："你老公很优秀，要小心啊，嫂子。"

"小心什么？"

"你懂得！"

"哈哈！"南山和悠悠对视一眼，也开始大笑起来。

"外遇？"悠悠说，"现在都有孙子了，不会了。"

"会的啊，悠悠姐不能在家一个劲儿看孙子了，他到哪儿你到哪儿。"

"那是以前的事情了，真有人看上南山呢。"悠悠说话也小心翼翼。

"所以说在家里带孙子也是不行的。"

"不过虽然刚认识你们，但是我相信南山不会的。"

南山从副驾驶转过头来："嗯，不会的。"

"这世界无非男人和女人，一个优秀的人被人欣赏也是很正常的！"

"你悠悠姐现在好多了，不再管我了。"南山有点不好意思。

"女人是最敏感的，当时我一眼就看出我们的会计喜欢他。"悠悠提起了过去，"还有另外一个离过婚的女人也在和他纠缠，竟然还跟我联系。"关于自己如何击退"小三"的，悠悠叙述起来慷慨激昂，脸上绽放着胜利的微笑。

虽然悠悠和我说话声音不大，有些话还是被南山听到了。

"我怎么能控制别人的思想呢，我只能管住自己不犯错。"南山转过头来看着我。

"以前我老公的两个助理都是女的。"我突然转了话题，"我认为我老公创业最有激情的时期，也就是那个时期。"

悠悠是个善良的家庭主妇，她担心什么，忌讳什么，我心知肚明。

从一见面就喊她嫂子，半个小时后就开始喊姐。

第一次见面悠悠就和我谈她智斗"小三"的故事，她的朴实和信任让我对她多了些亲近，少了些距离。她做菜特别好吃，也会照顾孙子、儿子。她一路都在担心儿媳能不能照顾好孙子。

"古话说得好，男女搭配干活不累。"

"哈哈，大家相互理解吧！"南山依然保持着他的涵养，然后我们开始转移话题。

说起朋友章小可，南山和海子对她印象不错："上次去西藏，她就是我们的开心果，但是不知为什么，她的皮肤特别怕碰着，碰着就会出血，而且也会发紫。"

嗯，是吗？这个我没有和她一起出去还真不知道。

南山突然说："我从章小可的空间里看到你写的那本书，你被评为十大新闻人物，我还给你投了一票。"

我沉默了一下，止住了笑声，幽幽地说了一句："嗯，真没想到，看来我们的缘分不浅呐，那是我在十年前生病住院时写的书。"

我以为我把自己包裹得很严实，我也的确隐藏了自己的秘密，展示着传媒白领通情达理的形象，如果不是南山追问，我可能不会在旅途中回忆这些已经清空的往事。

我最初还是想在这个团队里保守住自己的秘密的。

我笑了笑，把目光转向车外。原本心情是如此轻松，而现在我好像被人揭开了伤疤，我知道我越是想沉默，越是有人期待我把故事揭开……

第八章

/ 绽放的生命

我不是病人，出门前风阻拦我到西藏，提醒我还是病人的时候，我差点跟他翻脸。

我跟他翻脸是有理由的，这些年我不停工作就是要忘记我的病。

很多人都不知道我是个病人。

特别是在这个西行的小小团队，虽然只有六个人，我也不想让团队的人知道我是病人，这是我的秘密。这两天吃药的时候，我故意把维生素展示给大家看，我想让大家觉得，我只是重视养生而已。

我一直在想，如果自己不是一个病人，那是多么骄傲的一件事！

南山既然知道了我的秘密，那么还不如坦然地面对。

我轻描淡写地跟南山说，那本书是我十年前住院生病的一段经历。

“有文化就是不一样，住院都能写出书来。”南山微笑着赞叹。

悠悠嗓门此刻变得好大，她接着说：“我没文化，也不知生病是什么滋味。”

我不知悠悠对我了解多少，或许知道，或许不知道。

但是她连续几次提到自己身体很好，不知生病是什么滋味，这让我听起来有些刺耳，她的笑声好像是对我的嘲笑。

就像为何要来西藏，我或许只是想证明自己的身体已经恢复正常。

我早就忘记了自己是个病人，不过南山还是无意地揭开了我的伤疤，瞬间让我的自信和洒脱全无。

这怎么能怪南山和悠悠呢，我和他们也只是第一次见面。

相互了解是必然的，我放下自己心头的无奈。

我是一个病人，这是事实。

我得的是慢性粒细胞白血病，俗称血癌，简称慢粒，为慢性白血病中最常见的一种类型。

慢粒在临床上可分为慢性期、加速期及急变期。

病人出现急性白血病的临床及血液等表现，称为慢粒急变，会危及病人的生命，现在由于科学的发展，已经有药可以控制。

从患病到现在我活过了十二年零三个月。

《我想要绽放的生命》，二〇一五年九月在中国财富出版社成功出版。

那本书本来是想请省里一位知名的作家写序的，朋友介绍我找过他。那位作家个子高高的，不吸烟，给我留下的印象不错。

他叫季宇，在网上一搜，他的作品很有分量。

他的长篇小说《新安家族》被拍成的电视剧风靡一时。

他还是安徽省作家协会主席。他看过我的作品，给我提出了不少建议，也给了我肯定，说内容真实感人。

他热心地答应我给我写序，后来是我没好意思再去找他。

我不是专业的作家，我有文学的梦想，但不想借助主席的光环来肯定自己的作品。我知道我是用自己的生命经历在写，每一个字、每一次点滴的回忆，好像都在把我的伤口重新撕开。

写作是一个艰难的过程，尤其是写自己的经历，我不是想被谁认可，也不想靠写作出人头地。

最后我自己给自己写了序言，我觉得没有谁比自己更了解自己。

在我的序言里，我提到了我的病友紫芦，他说他如果能活着就会写一本书，写一本关于抗癌的书。

我记住了他的话，因为我生病住院时还不认识紫芦。所以那本书里没有他，曾经有不少病友给我留言，想打听关于他的消息。

《我想要绽放的生命》的成功出版让我接到了很多媒体的专访。

那本书主要是我十年前生病住院的那两个月的经历。

也是我用两年的时间整理出来的生命日记。

因为那本书，二〇一五年，我被《合肥晚报》和合肥市委宣传部评为十大新闻人物。

颁奖晚会结束，《合肥晚报》记者采访我新年的愿望。

我说：“我想写第二本书，书名都想好了——《我本行者》。”

第二本书里一定要有紫芦的故事。

二〇一六年春天，当我想开始写第二本书的时候，父亲的身体出现了意外。

这一年是漫长的一年，我经历了失去父亲的痛苦。

在这一年，我放弃了我奋斗多年的媒体工作。十年，生命努力绽放着，我的努力取得了经济上的成功，而现在因为父亲的去世画上了一个句号。

还是先说下病友紫芦吧，紫芦离开这个世界也有十年了吧。

旅途漫漫，不是所有的旅途只有风景，也有心头无法放下的故事和人物。

第九章

/ 紫芦花又开

提到病友紫芦，我不由想到了我的家乡安徽省宿州市的砀山县。芦苇是砀山最具代表性的植物，它自古就生长在砀山这块古老的土地上，并和这片土地上的人们一起演绎着历史，塑造着这片土地的灵魂。虽然多年不在那里生活，但我还能回忆起儿时把芦苇的节放在嘴里的丝丝甜意。

更何况砀山黄河故道的芦苇和别处的不同，它的根是紫色的，黄河故道里的紫芦，迎着西下的阳光随风摇曳，也是一道亮丽的风景。芦苇曾在《诗经》中绽放过："蒹葭苍苍，白露为霜。”

春天，在水边插三两棵苇根，不久苇草就会长满整个水面，为人们带来浓浓绿意。甚至在凋零的秋天，寒冷的冬天，芦苇，都在河边绽放着，展示着它顽强的生命力。

记忆回到十年前，打开我在《中国亳州网》二〇〇八年四月十二日的博客，我的博客里记录着与紫芦大哥的相识相知。

自从二〇〇六年四月和紫芦相识，这是我认识他两年之后第一次看到他的身体出现如此的状况。

他躺在病床上，脸色发黑、十分虚弱，我坐在他面前束手无策，不知如何安慰他。

“哥，你没事吧?”我弱弱地问，泪水在眼眶里打转。

“没有事，我能坚持住。”他说。他的声音有些沙哑，但还能感觉到他声音里的力量，他表现出一同往常的信心和坦然。

“小妹，没有事，有我在照顾你哥呢!”他的爱人紫芦嫂子给我倒了一杯水。嫂子微笑着看着我，轻松而又认真的态度让我感觉我的担心是多余的。

作为一个普通的女人，她的平静让我敬佩。

我早就知道，她有着不平凡的经历，但为了照顾紫芦哥，放弃了自己体面的工作。

我打量着她，她表情淡定，没有过度的紧张。也许此刻只有她最理解他的处境，她心里也有数，知道该如何面对现在的问题。

这是恩爱夫妻患难多年的心有灵犀。

嫂子带着我参观了紫芦大哥的书房，从抽屉里拿出了他用电脑敲出的文字。嫂子说："这是你哥总结的这十年的中医抗癌经验，你看有用吗？有用的话也可以帮助别的病人。"

我说："嫂子，肯定有用。我也要看看，好好学习大哥的经验。"

我说着，随后翻了紫芦大哥的手稿，图文并茂有十几页。

《已是悬崖百丈冰，犹有花枝俏》

——一九九九年到二〇〇〇年两年的抗癌感受

谨以此文献给一直关心、爱护、支持、帮助我的领导及同志们，以及日夜挣扎在血癌魔掌中的难友们！

一九九七年七月十四日下午，我正在办公室办公，一阵眩晕，天旋地转，浑身乏力，呼吸困难，被办公室的同事送到市人民医院。经过两个月的治疗，竟没有查出病情，我的身体已经极度虚弱，需扶着墙才可以行走。

后来转入安徽省省立医院血液科，做过两次骨穿后，一九九九年九月三十日被确诊为慢性粒细胞白血病。

经过两个月的干扰素方案化疗，于当年的十二月八日出院，出院时病情尚未完全稳定。

两年以后又到天津血液病研究所，重做骨穿检验，仍被诊断为没有缓解的慢性粒细胞白血病。

关于治疗方式的选择，当我一九九九年年底再次踏入省立医院血液科的病房时，化疗带来的痛苦让我不寒而栗。

化疗是一种别无选择的方法，它不仅杀伤了坏的细胞，也杀伤了好的细胞，同时也抑制了骨髓正常的造血功能。

经过六次痛苦的化疗以后，我毅然告别了省立医院，开始了漫长的抗癌生涯。

跟所有的病人一样，我也希望能根治自己的病。

我曾经在住院期间和医生交流过，通过西医，还有一种治疗的办法，那就是骨髓移植。

骨髓移植需要完整的配型，但是配型并不好找，就算找到了，移植后效果也不一定好，也可能会复发。

我想，我生活在药都，我一定要用自己的双手开辟出一条拯救血癌患者的路，让众多的病友们逃出魔掌，重获新生。

莎士比亚说得好，生命短促，只有美德能将它流传到辽远的后世。每当回想起病房内一些病友，他们在医院花完所有的积蓄，甚至负债累累，最后还是没有逃脱死亡的魔爪，我的心里就像被刀割一样难受。

化疗也是如此，一个疗程的价格在一两万元，我也听说了瑞士的新药，每个月价格都在两万多元，一年就要几十万元，这让一些来自底层的家庭如何是好?

我在人民银行上班，经济条件较好，瑞士的新药我可以用，骨髓移植我也可以做，但是我却没有骨髓移植。

每当看到身边的病友们因高昂的费用而放弃治疗时，我多么希望能通过自己的亲身体验，找出一条药价低廉、疗效可靠、延长生命、生存质量显著提高的新途径，这样每个人都有一丝生存的希望。

为普天之下的血癌患者打一个翻身仗，赢得一线生存的机会。

二〇〇〇年三月，我正式脱离了省立医院的正规化疗，开始了九死一生的中医抗癌之路。我首先选购了大量的中医药书籍认真研读，并且在中华名医大词典里寻找治疗慢粒的中医血液病专家，又到天津拜访了白璋华教授，还南下到广宁医院进行中医治疗。

当年就显现出疗效，服用中药以后，我的体重开始上升，胃口也变得极好，面色红润，精神饱满，从此开始了正常的生活和工作。

用中医治疗血癌的办法，初试成功，并且取得鼓舞人心的成效。

中医治癌这种想法源于我对中医的热爱，我小的时候有点零花钱就跑到新华书店选购中医药书籍和教材。

在这三年中医抗癌的过程中，我在自己的身上反复试验，或多或少地也掌握了一些办法。

…………

我站在紫芦大哥的书房里认真地读着他写的书稿，刚读了一部分，就感觉控制不住自己的眼泪，没有想到紫芦大哥还有这样的情怀。窗外的树木正在发芽，美丽的春天正在温暖着万物。我仿佛看到故乡黄河故道的紫芦，也正在伸着脖子，抖落身上的枯萎，迎接春天的轮回。

第十章

/ 紫芦花又落

转眼窗外夕阳落下，紫芦大哥闭上眼睛休息了，嫂子整理着书房里几本凌乱的书籍。我告别了嫂子说回家再看手稿，改日有空再过来。

走出紫芦家的大门，我突然发觉我的心情异常沉重，今天的天气很温暖，我却感到手脚冰冷，眼睛也涩涩的。

我知道紫芦此时的病情不容乐观。

说实话，我抗癌一半的信心来自紫芦创造的十年生命奇迹，在人民银行的大楼里，在他的办公室里，他没有被病痛折磨的哀愁，他的精神和正常人没有任何区别。

他竟然自己用中医抗癌活了十年，而且还帮助了那么多病友，我在心里赞叹着。是啊，我遇见的专家曾经是那么义正词严地告诉我这个病只能再活五六年。

也许是因为在媒体工作久了，我比较注重事实，当听到他娓娓道来自己那充满磨难的传奇经历时，我推翻了一些专家给我们这些病人开出的死亡判决。

紫芦大哥的存在就代表着希望。第一次见到紫芦大哥，他爽朗的笑声、幽默的谈吐让人印象深刻，他激情地讲着自己与癌症之间的故事，没有忧伤，没有埋怨，没有疼痛，他就像拿起一本书一样，无声无息地把我心口压着的一块千斤石头轻轻地推开了。

现在，他怎么会突然出现问题呢？在多次交流中我们了解病情急变带来的后果，他能顺利挺过去吗？

回到居住的小区，我爬上四楼，却发现走错了楼道，我又走下来，通过一条砖铺的小道到了我所住的楼道。

这一天我走错了两次楼道。

我把紫芦大哥的抗癌事迹告诉身边的朋友，朋友们都觉得一个被癌症判了死刑的人能活十年，那他就是个抗癌英雄。
我们亳州晚报社把他评为十大新闻人物之一，他的抗癌事迹感动了不少人，纷纷找他学习、讨教。我也是其中的一个。

这十年，如同蝴蝶飞舞于荆棘丛中，这也成为他最美丽的回忆。
紫芦大哥告诉过我他所经受的误解，我特别能理解，因为我们同病相怜。
面对媒体的采访，面对所处的工作环境，他无法坦诚地说出心底的真实想法，只能说自己和绝症抗争的经历。
但是那背后的故事呢，又有谁知道他为何能超越死亡界限呢？

“是被逼的。”他说，“坚强的个性对于人来说，有时是坏事但可能有时候也是好事。在与疾病做斗争的过程中，的确需要支持和鼓励，也需要亲人和朋友的理解。”
“我走了许多弯路，当初还没查出病，家底的几万块钱就花光了，原来的那个医生还不让转院，越治越严重。后来查出来是血液病也就没有钱治了，你嫂子为了救我曾经给人下跪。”
“也曾经被人怀疑假装生病，单位的个别领导一直怀疑我。我也和他吵了一架，后来没有办法就自己想办法买些中医方面的书籍，不停地总结经验，在自己身上做实验，为生命寻找出路。”

所以他坚持了十年，中医抗癌，自己研究配方。

我说我现在服用了新的药物，外国进口的，你要不试一试？

他说这药价格昂贵，一盒就是一年的工资。

我能感受到他的无奈，眼前的工作收入养家还可以，妻子没有工作，还有八十岁的老母亲需要照顾，儿子还没参加工作。

每次我检查过的化验单都请他过目。他说不错，这药物控制得不错。

他的单位离我的单位不远，所以一有空我就跑到他办公室，去请教治疗中的一些问题，我们谈心，谈抗癌的经历。

回忆着和紫芦认识的点滴，手里捧着紫芦的文章。

他的文字对于我来说，成了值得收藏的生命遗言。

紫芦留言，由于白血病的死亡率很高，目前还没有根治此病的办法，所以首先要对此病有一个清醒的认识，要树立战胜病魔的决心和勇气，要保持良好的心态，淡泊名利，与世无争，顺其自然。

要树立坚持苦战的思想，坚持长久服药，在坚持治疗的同时，要相信自己的再生和恢复能力，长期坚持有氧运动。

争取生存期为五到十年。

他走出成功的第一步，生命走过了十年。

他也以为十年后身体就无大碍了，可是意外又向他走来。

第十一章

/ 死亡的信号

紫芦大哥的精神好了许多，脸色比昨天红润。

我敲门时他正在客厅看电视，是嫂子开的门。

我看了看电视，播放的是战争片内容，他说他在身体不适或疼痛的情况下就去看过去的战争片，毛主席的理论和思想很有哲理。

我问："今天怎么样?"

他很乐观，呵呵地笑："小妹，放心吧，我还没有接到死亡的信号呢，一个人的身体情况怎样，是好是坏，离死亡远近，自己都能感受到。”

我心里满满的都是欢喜，我说：“哥，我们要好好地活着，我有空就过来看你。”

他微笑着点头。

我喜欢黑夜，喜欢它的安静。

它能让一切失措和慌乱掩藏在它的怀中。

它可以包容我的一切思绪，让所有生命静静地享受黑夜的抚慰。

我更喜欢黑夜中的灯光。

在亳州城这个我生存了近十年的城市，是灯光给了我生存的希望。

无论经历何种磨难，它都用温暖抚平我的伤口。

它用温暖拥抱着我的不安和恐惧。

它成了我生命的一部分，让一个异乡人爱上这个城市的灯火，让一个漂泊的人懂得归家的温馨。

打开二〇〇八年四月八日这天的记忆。

“我还没收到死亡的信号呢。”回家的路上，我一直回味着紫芦大哥的这句话，这句话从紫芦大哥嘴里说出，让我又一次体验到一种生存的价值和意义。

我没有崇拜过谁，但是我崇拜他，虽然此刻他躺在床上。

我清楚地知道自己和紫芦都是普通人，甚至在人群里我们是弱势群体，因为我和他同样背负着被医学称为绝症的血癌，这种绝症总是让人想到死亡。

也许因为自己有着同样刻骨的经历，我跟他走得更近了，而且也对他有了更多的理解和佩服。

在一些朋友和懂得生命、尊重生命的人眼里，他被视为英雄。英雄有许多种，譬如刘胡兰、董存瑞是一种，《亮剑》里的李云龙是一种，而他又是一种。在这样一个生命随时可能被癌症扼杀的群体里，他的名字与众不同，带有一些江湖中侠客的味道。名字往往代表着父母对孩子的某种期望，也许在这种期望中，他的骨子里已经融进了江湖中的侠骨风范。他应该不仅仅是父母眼中的一棵树，还是一座城，一片江南的美丽风景，这仅是我的猜测。

我知道他父亲早逝，母亲是南方一位健康乐观又喜欢读书的善良老人。

每年三四月，我们报纸都会报道读书月的一些活动，近期我们报纸关于读书人物的报道，不少是本地的文化名流，我突然有些感慨，紫芦大哥也是一个读书人。

一个与癌症抗争十年的患者家中有那么多书籍，简直快要塞满他的书房，很多都是与疾病相关的书籍。

我偶然翻阅过、观赏过，那些书价格不菲，很厚，要花很多的时间才能看完。在紫芦大哥的家中，那些书应该是一道亮丽的风景了。

我向刘总编提议采访紫芦大哥，他看的书与一般人不同，也许他会带给读者另一种感受。

刘总是我们报社的副总编，为人和善，欣然接受了我的建议。

他说："这个提议不错，可以安排记者采访。他还是报社去年评出的十大新闻人物呢，他的事迹我也听过不少，很多患者都去找他'取经'呢。"

"只是他近期还不能接受采访。"我如实地告诉刘总紫芦大哥的近况，紫芦的生命目前正在经历着一场最严峻的考验。

不知道紫芦大哥今天身体会好些吗？

也不知他能不能走过这关。

这道关据我理解和死亡只差一步。

刘总编表示同情，感叹着人生的无常。

周一上午我们相约与一位时常关心我们的首长一起吃饭，这位在药都工作的领导准备调回省城。

前几天和紫芦大哥相约，他欣然同意。当周一我打电话给他的时候，电话里听到他声音虚弱，他说身体有变化，说话都没有力气了，不能赴约。我的心陡然下沉。

当天下午我安排好手头的工作就去了他的家里。

路上我还在想，如果他不行了，也就说明我的希望破灭了，也注定有那么一天我也要和死亡牵手，而不是擦肩而过。

我上他家的楼梯时正好遇到嫂子。

她正让楼下超市的服务员帮忙搬一箱纯净水上楼。

她说，估计是在南京出差累的，吃了东西上火，现在只想喝些凉水。

我看到紫芦大哥，他高大的背影还在客厅里晃动，他的脸色明显变得苍白、虚弱和萎靡。

两三天没见，他跟几天前有很大差距。

“贫血，血小板减少，白细胞上升，乏力，身体局部出现疼痛，五脏六腑也出现不适，现在咽下唾沫都会针扎似的难受。”他告诉我目前他的感受，疾病在摧毁他的意志。

看到他近期化验的单子，有一个箭头指向相反的方向。
同时我的情绪也很低落，某一天我也要经受这种精神的磨难。
紫芦大哥应该比我更能如实地掌握自己的病情，或者可以说是更明白当下出现的情况。
从医学的角度这应该是白血病发生急变的表现。
这种结果在医院里就要接受化疗，但是化疗也阻挡不住死亡的脚步，专家也许会很快给你下死亡通知，一旦急变花再多的钱也是枉然。

经过近十年的抗争，紫芦大哥有很多与疾病抗争的宝贵经验和丰富的人生阅历。
他的话能让人感受到他对生命的理解和感悟。
他说也许是前期感冒放松警惕了，也许是身体正在面临黎明前的黑暗。
但是他仍有一种乐观的信念，他给自己准备了三种治疗的方案。
紫芦大哥虽然身体难受，但是他仍然希望我在他家里吃过晚饭再走。他知道我一个人在药都工作生活不容易，他说他家的电话二十四小时为我开机，他和嫂子从来没有把我当成外人，我感恩在药都拥有了这样的亲人。

我们三个人静静地坐在灯光下的餐桌前，桌子上的碗筷都摆好了，他们夫妻相对而坐。我坐在一侧的中间。我说，紫芦大哥的人生是幸福的，嫂子这么好！

自从紫芦大哥生病后嫂子就辞去了工作专心照顾家里。

嫂子说：“小妹你不知道，你紫芦大哥年轻时很好看，心也很善良，看看你侄子就知道了。你大哥跟你一样也是外地人，在这里没有亲人。”那一刻这对善良的夫妻相视一笑，洋溢着幸福的脸庞在灯光下是那样的纯真和美好！

这是我和紫芦夫妻最后一次长谈。

那时候我以为紫芦大哥的身体应该恢复了，我离开亳州时还和他联系过，他说胃口不错，没有想到又发生了意外。

我还是希望在自己的世界里给自己记录一份真实的感受。每个人都需要灯光，生命更需要灯光，有灯光的地方就会有温暖。

在紫芦大哥家吃过晚饭。

嫂子送我走到街上时，灯光也已经亮了。

我看到这位贤惠的女人眼里划过一丝哀伤。

可是我知道癌症不会因为你是谁，你有何与众不同而远离你的权威，远离你的柔弱、艰辛、困难。癌症是不会讲道理的，在它的面前我们是平等的。它不管你是幼稚的孩子还是胡须发白的老人，是男人还是个女人，癌症不管这些。

我回味着前几天紫芦大哥说过的话，这是我第一次感受到英雄与众不同的气魄，在面对死神敲门时，他用这样一种态度诠释了死亡并不可怕，癌症也并不可怕。

“生命是可以胜利在握的。”

他的声音虽然不是十分洪亮，但足以震动耳膜。

我有些感动。几天来我没有机会亲眼看到紫芦大哥怎样在昏迷中和死神对话，我不知他有什么法宝能让死神远离。

但是我知道身体，也就是我们人类的身体遭受疼痛和折磨时的感受。我没有听到他对谁哀求，我只是感觉他在和一个坚强的战士对话，那个战士是他自己的一种思想、一种信念、一种责任！

嫂子说紫芦大哥难受的时候，也只会在她面前低声哼哼几声。我知道那种哼哼也许是心灵的一种抚慰，每个人都需要精神的安慰，每个人都会有精神脆弱的一面。

就像我对灯光的依赖。

紫芦大哥有个幸福的家，一个爱他懂他的妻子，相信他能够战胜死亡，走过这个关口，信任是一种多么伟大的力量。

我觉得我离这个家庭每一个人都很近！他又一次用自己的经验，用自己对生命的理解，用一种战场上英雄的精神，用他对生活的爱与责任，谱写了一首激昂的生命凯歌。

也许健康的人无法体会和理解，如果他真的完全恢复了，那他就为人类作出了贡献！他的经验是值得推广和学习的，他的付出是值得敬重的，他留给人类的是医学的宝贵遗产，他能挽救一个又一个不幸的生命。

这何尝不是紫芦大哥活着的人生意义呢？

春天是个美丽的季节，但对于病人来说也是个疾病易复发的季节。

春天的风总是不守规矩，春天的雨总是让人无法提防，但我相信雨终归是会停的！

我觉得紫芦大哥有必要去医院治疗了。

但他说，现在去了医院也是化疗，他对化疗有一种骨子里的厌倦，认为当时不接受化疗就好了，那时经历的一段弯路让他很难过。

他最近接触的几个病友，没有化疗过，经过他的中医调理，各项指标都不错。

有的还一直保持联系，他说有的家庭条件不好，他就免费给他们买药。能出手相救的他绝对不会漠视。

大家同病相怜，心靠得很近。因为大家都有一个共同的敌人，那就是——癌症。

世界上有一种伟大的力量那就是宽容，当你的心胸宽阔得能容下万物时，那么在艰苦的生命路程中你的态度会显得无比从容。

事情的发展总是极端的，有一种力量总是让你在一个路口走向另一极端，那个极端也许是光明的，只是在来临前会充满黑暗。

我每个月都要到合肥领药。

这期间我虽然不在药都，但是我和紫芦大哥一直短信交流。

从紫芦大哥的信息中我知道他的病情发生了恶变。从合肥回来后，简单处理完手头的工作，我买了一束粉色的康乃馨去看他，才知道他已经住进医院进行抢救。

在人民医院的四楼看到他时，他还在挂氧气，输液。

他已经发烧，呼吸说话都很困难，水都无法下咽。

我带去的药他咽下就又吐了，他现在的病情也就是所谓的急变期。他已经去过合肥中医院，医生还是建议化疗。
可是他却没有接受化疗，他尝过化疗生不如死的感觉，他还比较清醒，就又回到了亳州。

“你哥说这种情况下化疗死得更快。”嫂子告诉我大哥的想法，脸上充满了无奈。
“嗯，他自己心里有数。”
看到紫芦大哥此刻的情形，说实话我真的感受到生命的脆弱，健康人无法懂得疾病带给我们的酷刑是多么地无情，死亡并不是那么遥远。
我无时不在想：现在的紫芦大哥正在和疾病做着最艰难的斗争，他能挺过去吗？我还不知道，这或许就是黎明前的黑暗。

我下午下班后又去医院看他，嫂子说他还是感到呼吸困难，一直处于昏迷的状态，还在发烧，还在输血。
还好他的单位及时给他送去了钱。
他的家人不再为钱担忧，因为他需要输血，单位还组织了几个同事为他献血。
疾病无情人有情，好心人总是很多的。

有时我真想休息，可是有那么多问题需要自己去解决，有时感觉特别累，回家休息昏睡两天，就又踏上新的征程。
生命就是这样一个不停轮回的过程，时常充满无奈，时常又充满真情，时常充满温暖，时常又会陷入冰窟。

如果紫芦大哥去正规医院遇到好的医生，给予合理化的建议，如果他的生命没有那么多的坎坷，也许就不是眼前的结果。
生活里很多场景只是一个表面，微笑的背后谁又知道心灵深处的疼痛？
我能说什么呢？走出了紫芦大哥的病房，我的眼泪控制不住地流下。
我和他再也无法畅谈关于生命存在的意义了。
生命的转弯处有两个路口，一个天堂，一个人间。

第十二章

/ 逝去的诺言

春风吹在脸上有些温暖，我抬头看看远处的天空，深深吸了一口气，天气很好，手头还有不少工作需要落实，也还需要抽空去医院看看紫芦大哥的情况。

下周的全省银企对接会在药都召开，为了当天的金融特刊能顺利落实，我跑到相关的金融单位去逐步落实单位相关的宣传材料。

金融与经济关系密切，我只是个“门外汉”，对于金融知识的了解也是一块空白。

到现在我还都不敢有一丝放松，如何能做出金融专刊，还需要各家银行的支持，各家银行针对服务地方企业的金融产品各有各的特色，还需要我跟各家金融机构的行长沟通以便最后落实稿件的内容。

下午司机准时接我上班的时候，我真的想歇歇。

我有时觉得说话会很累，但其实并没有消耗多少体力。有些说不出的无奈、疲惫感好像一直在伴着我，我还给朋友发信息："真想拥有一个不用思考，也不用劳累，还有钱花的工作。"

"那就去讨饭吧。"朋友窃笑，"不要急，事情要一步步来。主要是压力太大，还是放松心情，要感受到工作的快乐。"

朋友的说法平复了我急躁的心情，后来还是自己鼓励自己，坚持去一件事一件事的落实，我找到了各家金融机构的领导，我的银企对接会专刊的创意得到了他们的支持。

完成今年的经营目标任务还有难度，也许通过这次策划，每个银行业机构都能感觉到宣传的好处，这不仅能提升企业形象品牌知名度，而且也能感受到媒体的专业。

黄昏的时候我再去医院看紫芦大哥，他已经不在急救室。

后来打电话才知道他已经住进了医院的血液科，这让我想起了我们这个城市唯一的血液科医生周振霞。

我也是以前通过别人和她交流过，并对自己的病况进行了了解。

在药都市人民医院大楼一零九室我看到了紫芦大哥的孩子、侄女、八十多岁的老母亲，还有其他的家人、单位的同事。

很多人去医院看病人，习惯性地对病人会带有一种担忧的表情，其实我觉得这种感情不利于病人的康复，有时只会增加病人的心理压力和精神负担。

而紫芦大哥的家人都是与他站在一个起跑线上的勇士，他们在病房里都很沉静，他的老母亲轻轻地抓住紫芦大哥的手，对昏迷中的紫芦大哥进行无声地安慰。

“嫂子，紫芦大哥今天好些吗?”我问守候在他身边的嫂子。

“你大哥的氧气昨夜已经拔下了，他一直昏睡，也不说话。还是发烧，刚刚的检查结果白细胞升到十几万了，有肺炎。今天又检查出他血糖特别高，以前都没有。不过今天比昨天好些，昨天什么都没吃，今天可以吃些米粥了。唉，他一直在睡着，也不睁开眼跟我们说话。”

嫂子明显憔悴了，眼睛里布满了血丝，头发有些凌乱。

“昨天不是说白细胞一万多吗?”我昨天下班也来看过紫芦大哥。

“看错了。”嫂子说。

我知道此刻他的病情不容乐观了，白细胞升到十万那是什么概念。我说：“嫂子，你还是让紫芦大哥尝试一下我用的药吧。”

我送去的药，是我目前正在服用的格列卫。嫂子说，今天紫芦大哥已经吃了六粒，不知效果会怎样。

他单位有几个同事一直在轮番照顾着，其中几个人有些面熟，我每天下班的时候都去医院看他，他们看见我就好奇：“范记者，你这么关心紫芦，是跟他有什么亲戚关系?”

我笑笑，我说我是他小妹，别的也没多说。可是他们不知道我们的生命紧紧相连，关心紫芦的生死就是关心我自己的生死。

人民银行的领导真的很有责任心，他们给紫芦大哥的家人送来足够治疗的药费，组织单位员工为他献血，还让单位的员工白天黑夜轮流守在他的身边，照顾他，关心着他的一切，尽量解决他家的困难。

那些天我经常下了班就去医院，他们单位的员工真的像家人一样，轮流守护着紫芦大哥，这让我感动。我觉得荣行长真的很有爱心，他给了这个家庭雪中送炭般的温暖。

嫂子也感激地对我说，紫芦大哥的领导一天带人过来看好几次，给予了充分的关心和强有力的经济支持，鼓励紫芦大哥渡过难关，战胜病魔，重新回到工作岗位。我们都祈祷紫芦大哥能醒来。

我离开医院的时候天已经很晚了，他一直处于昏迷状态，双眼紧闭，所以也无法去问他有什么感受。我只能握着他的手，在耳边轻轻地告诉他："紫芦大哥，坚持，这或许就是黎明前的黑暗。"

我想找周医生问问紫芦大哥的病情，生存的机会到底多大，转了一圈也没有找到。我下班回家，紫芦大哥的一个朋友对我说，听说检查结果出来了，他的肺好像都烧坏了，他上周还洗了一次澡，他说估计这周没有机会再洗了。

我相信紫芦大哥的坚强，也没有害怕什么，一切只能听从命运的安排了。他的这次意外，也会让我提高警惕，小心对待自己，不能过度地劳累，不能感冒，没有什么比生命更重要。我去了亳州市医保中心，在那里见到了赵局长和雅主任，我向他们汇报了自己治疗的情况。毕竟在我困境时，亳州市医保中心给予我很大的支持，感恩之心无时不在，他们对我都很热心，建议先报销一部分医疗费。

到工商银行去办事，他们都在开会。我也只有离开。

我的心情并不是那么阳光，想到紫芦大哥的情况，我又一次走进医院那拥挤的楼道，走廊里仍然满是病人。人民医院急需搬家或扩充改造，报纸已经宣传多日。我发现停车的地方不像过去那样乱，还有保安在执勤。

推开紫芦大哥病房的门，昨天的床位已经空了。问了一下病房的人："昨天的那个病人到哪里去了？""是那个白血病人吗？他急变了，听护士说的。"

看来事情又变得严重了，在走廊里正巧遇到了宋主任，他在为一个住在走廊里的病人会诊。看他很忙，我也就匆匆离开了。

我又拨通了紫芦大哥的电话，接电话的是他的小弟，他说紫芦大哥凌晨五点送去合肥医院了，他已经昏迷，失去了知觉，喊他也没有意识了，并且血糖特别高，高烧到四十度，今天上午九点才刚住进合肥医院。

回到单位拨通了人民银行办公室刘主任的电话，他现在已经是副行长了，与他沟通了一下紫芦大哥的情况，也和他沟通了下周银企对接的宣传情况。他说正与几个同事说去看看紫芦呢。我说你们单位真不错，给予了紫芦大哥那么多支持，他家里很感激。

他很感慨，因为他的爱人最近也经历了一场病痛，有时候再多的钱也挽回不了健康和生命。前不久爱人还在南京住院，他还坚持工作。下周征信方面的稿子已经安排了。他说话的声音跟我一样，也有些沉重。

其实面对这些，我觉得我还是十分冷静的，我早已经在医院看到过残忍的一幕幕，痛已经深刻感受过了，现在已经不知道什么是伤心了，也不会伤心。我只是为紫芦大哥担心，为他的家庭担心。疾病啊，你给多少家庭带去了伤痛?

中午休息好，下午又去了亳州市银监分局，前天和宋科长约好了，今天几个地方联社的领导都来考试，我顺便和他们见个面，汇报关于银企对接宣传的情况。

宋科长人很好，说他们都在考试，让我去看看。听说李局出差回来了，我正巧跟他再汇报一下工作情况，听他的下一步工作指导意见。

李局的门很少是关着的，他正在专心看文件。每次看到我他都很热情，他给我的印象是一个对工作、对生活、对生命都很热情的人，他也很关心我的病情，每一次看到我都会给我灌输一些积极的能量。“看你脸色这么差，心情又不好？工作遇到什么困难了？”

“没有，没有，下周全省银企对接会在药都召开，想跟您汇报一下方案，想请您接受一下记者的采访。关于这次的银企对接会，请您谈谈我们药都地方所做的工作，当天报纸我们会出银企对接专刊，这也是我们报社首次为这样的活动推出自己的专刊，希望领导还没到会场就能了解我们药都银行业和政府所要做的工作。”

李局长说：“这次省里组织的银企对接会，省局也很重视，你们是地方主流媒体，你有什么安排，我们尽量配合，各家银行也会配合的。有什么困难可以直接找我。”李局长的一席话打消了我所有的顾虑。

二〇〇八年四月十七日晚九时五十三分，忙碌了一天的我已经准备睡觉休息，手机的铃声突然划破了夜的宁静，电话显示是紫芦大哥，我的心怦怦直跳，是他的儿子紫然打来的，他哭着说："华悦姑，我是紫然，我爸刚刚去世了。"

我突然想放声大哭，但我还是控制住了。我想着他曾经给予我的鼓励，想着他以前的话语。这几天他一直处于昏迷的状态，我们再也没有交流过，千言万语，都画上了一个句号。但是我却记录了他留给我的一种精神，一种不畏惧死亡的勇气。

是的，紫芦大哥的离去对我的精神打击很大，那天晚上我失眠了。

第十三章

/ 春风化雨

紫芦大哥离世的第二天早晨。

我站在阳台上看着窗外的大雨下个不停，远处偶尔传来雷声。

此刻我内心深处还是掠过了一丝伤感，紫芦大哥要我给他写一篇文章，鼓励他坚持与病魔抗争，没有想到现下却变成了祭文。

自得知紫芦大哥去世的消息，我的眼前好像一直晃动着他的身影。

早晨八点是紫芦大哥的遗体告别仪式，我思考了一下，却放弃参加。或许凭着对紫芦大哥的尊重和感情，我应该陪伴在他亲人的身边，没有丝毫对死亡的畏惧，直到看他的遗体化为灰烬的那一刻。

但是我不希望看到亲人们离别的伤痛和眼泪，我觉得这个世界上，死亡能伤害的无非是最亲近的人和朋友，人们很多时候只会在看到死亡后才会有所触动。

其实活着和死亡时人都一样渺小，在匆匆忙忙的人海中，只有你的亲人和你最好的朋友会在以后的日子里时刻在心中祭奠你。

我不知道在他的告别仪式上，他的单位会给他怎样的评价。我知道他一直在岗位上努力地工作着，我相信他的单位对他的支持和认可，他已经在岗位上奉献了他的一生。

他曾经告诉我，像我们这样身患绝症的人，经历与别人不同，感受到生与死的意义，更珍惜工作和生存的时间，所以很多时候总感到时间不够用。

我是二〇〇六年春天和紫芦大哥认识的，那时我刚从广州军区解放军总医院出院不久，虽然已经有了治疗的经历，但我对未来总带着一丝无奈与认命，这个病最终是无法治疗的，我感到人生剩余的时间不多，活着的每一天都是与死亡共舞。我所有的苦闷好像都写在了脸上，虽然我也没有放弃工作，而且工作有时也能使自己短暂地忘记疾病带来的痛苦。

一个在亳州市银监分局工作的朋友了解我的情况后，向我介绍了在人民银行工作的紫芦大哥。他说："紫芦大哥身患癌症快十年了，身体还很不错，每天还坚持锻炼，太极拳打得也很好。"

他建议我去看看紫芦大哥，交流一下，说着把紫芦大哥的电话留给了我。

就这样，我在一个春暖花开的日子登门拜访了紫芦大哥，和紫芦一家人相识相知，后来他们成了我相依为命的朋友和亲人。

听着紫芦大哥谈他近十年的经历和抗癌的经验、谈病情、谈人生感悟、谈他对中医的研究。我跟他诉说了我的害怕担忧，发现我们的生命中有很多相近的特殊经历。我曾经也被人怀疑过假装生病，被调查过，还南方北方跑了不少医院治疗检查。

他活到十年已经创造了奇迹，他是个了不起的英雄，我对他由衷地感到佩服，我生病后单位有同事也谈起他的名字，我却不相信这样的奇迹，后来我想也许当时早就该去认识他，这样我会少走很多弯路。

“慢粒只要不发生急变就不会有危险，没有什么可害怕的。”他看出了我脸上写着的无奈和伤感，平静地给我讲解他的抗癌经验，与其被迫逃避，不如勇敢面对。

由于我和他相似的经历，我又是一个人在亳州生活和工作，为了帮助我身体和精神顺利恢复，他说：“生命是第一位的，你一定要认真对待，要休息好，吃好。工作上量力而行。不管有什么问题，我家的电话二十四小时都为你开通。”我突然很感动，他就像我的亲人，他的善良和热情再一次鼓励我燃起了与癌症抗争的勇气和决心。

我把他和嫂子视为亲人。在我身体不适时，我总是第一个打电话给他，他和嫂子总是第一个来到我身边。

从此，我的生活发生了许多变化。我真实地感受到在紫芦大哥的帮助下，我逐步恢复了健康向上的心态，和他相识的两年里我幸福地生活着，快乐地工作着。身体一天一天恢复了健康，虽然还在服药，但是各种化验结果都很正常。

紫芦大哥抗癌的故事充分说明了，只要有坚强的毅力，癌症并不等于死亡。后来他英勇战胜病魔的故事被我们报社发表，他也成了许多白血病患者的楷模。

他成了我们心目中的英雄，电视、晨刊等很多媒体也对他的事迹进行了报道。

很多病友都慕名而来，向他求助，他帮助了不少病人，也用自己的经验救了不少病人。有时家庭条件好的病友，会邀请大家一起聚聚，他都会联系我，如今这些病友都还好好地活着。二〇〇六年年底紫芦大哥被我们报社评为亳州十大新闻人物之一。

知道他病情变化的情况后，我一直和他保持联系，并且在忙碌的工作中抽出时间去探望他，关注着他的病情发展。我的博客里还记录着他最近的经历，我对紫芦大哥说我一定帮你写篇文章，发表在我的博客里，虽说我的文笔不好，但是我能理解你，理解你的胸怀。

如果能渡过这次关口，紫芦大哥说他也想出书，哪怕病友从他的留言里能得到三两句启发，他也今生无憾。

可是他又说："出书这方面我没有经验。"我说："我可以帮助你记录，等到你身体好了，我们一起去看看你救的几个病人。”

“你帮助的病人活得好好的，这是对你爱心救助最好的证明，另外我也跟我们单位的领导汇报了你的情况，这个月是读书月，等你身体恢复了，我们会安排记者对你读书的情况进行采访。”

周一的下午，我又去合肥领药，在回来的路上，我接到一个很关心我们的老师的电话，他问紫芦大哥情况怎么样，我说还不知道。

我给紫芦大哥发信息，转达了老师的关心，并且问他情况怎样。他回短信说：“是急变。”我说：“我的药你再试试?”

“谢谢小妹，不用了，随它去吧!”

提到急变我们两个都明白事情不妙，但我还是要他坚持，我说你就是我的希望。我把老师的关心转达给他，这是他回给我最后的信息：“谢谢！今年是白血病年，新增患者很多，所以情况非常糟，这是天意。”

其实他自己也很明白这种结果是任何人都无法逃避的，但他还是坦然地面对这种结果。他没有惊慌失色，死是人类必然的结果，只是早与晚的问题，他面对自己的结果没有怨天怨地，是那样平静，那时已经让我感动得泪流满面。

第二天看到他时，他已经在医院接受抢救，没有机会和他交流，听他的任何教诲。

在深夜里我没有害怕，其实我们早已经和死亡擦肩而过。

我们都认为勇敢地面对死亡也是一种英雄的精神。

在这个春天他随春风而去了，但我的心灵深处还在和他对话，他仍是我心中的英雄，他的精神长存，并且还在继续鼓励着我前行。

大雨下了一天，黑夜又一次来临时还没有停歇。

得知他离开的那一刻我真的有些控制不住，我放声痛哭。

在春天的花园里，我和紫芦大哥都是最普通的人，在社会的阶层中我们是最平凡的小草，在工作岗位上我们是最普通的员工，在家庭里我们都是幸福的一员。他和我患有同样的疾病，他虽然走了，却在春天播下了一粒种子，一粒小草的种子。

你看过被压在瓦砾和石块下面的小草吗？它为了阳光，为了达成它生的意志，不管上面的石块如何重，石块与石块之间的缝隙如何狭小，它必定要顽强不屈地穿透出地面。它的根往深处钻，它的芽往地面挺。

这是一种不可抗拒的力量，阻止它的石块，最后也会被它掀翻。没有人将小草叫作大力士，但是它的力量之大，的确独一无二。

这种力量，是一般人看不见的生命力，只要生命存在，这种力量就要显现，上面的石块丝毫不足以阻挡。

因为它是一种“长期抗战”的力，有弹性、能屈能伸的力，有韧性、不达目的不停止的力。这种不落在沃土而落在瓦砾中、有生命力的种子决不会悲观叹气，因为有阻力才会有磨炼。

在生命开始的那刻就开始斗争的草，才是坚韧的草，也只有这种草，才可以傲然面对那些温室养育着的盆景。

怎能不忆紫芦？

我和紫芦相识于两年前的春天。

和他的遗体告别后，我没有再去参加他的追悼会，而是回到了家里含着眼泪为他写出此篇祭文。后来这篇文章在我所在的媒体刊发，寄托着我对紫芦大哥的无限哀思。

第十四章

/ 我的楷模

紫芦走了，他的故事还留在我的记忆里，我把他当作我的楷模。

我每个月都要到省城医院领药，领药的时间也会遇到不少跟我一样的病友们，幸运的是我领药都是慈善总会资助的。那天是周一，我又去合肥领药，又遇到了那位慢粒病友王先生。他看上去比第一次见面时精神好了许多。我问他："最近怎么样啊？"他说："白细胞三千多，还是头晕。"

我估计是药物服用剂量的问题，但是我没有说出口。我们都来领药，身边还有几个年轻的女医生在和病人的家属交流病人的治疗情况。

最近检查身体，血常规还比较正常，身体感觉比去年好了许多，但是仍然不能过度劳累和思考，否则又会出现后脑疼痛和突然乏力的现象。

我自己也减少了早晨运动的时间和运动的项目。我很长时间没有参加剧烈的运动了，一起锻炼的朋友总跟我开玩笑，三天打鱼，两天晒网，何时能学会太极真是个未知数。

我对曾医生说最近头发疯狂地掉，不知会怎样。他笑了："无论如何药是不能停的。"他说要再做个肝肾功能检查。我说："好的，请您开检查的单子吧，我一会儿就去。"

我问他："有没有一个人来找你咨询格列卫申请的问题，他是我们那边的一个病人。"曾医生说好像有人来问过，但最后也没有联系。

我说那是我的一个朋友。这个朋友就是紫芦大哥。

我每次的检查结果都拿给紫芦大哥看，他说这个药物挺好的。

可是现在这种药物没有我那时在广州申请时的优惠条件，我那时买六盒就可以送终身服药，可是现在每年要花费十几万元的药费。这对他来说的确是个负担，如果不在医保的报销范围，又有多少人能用得起呢？但是我也不明白为何紫芦大哥说格列卫效果好，而他自己却不用此药呢？他的单位收入也不错，他前后说话矛盾，我并没追问原因。

那时我真的也没多想，没有去追问紫芦真实的原因，我觉得紫芦大哥有他自己的想法，他不像我这么无知，他什么检查结果都看得懂，而我最多只能理解血常规。

头发最近掉了许多，多少让我感到了一地落发带来的失落感。特别是每个早晨洗头的时候，看着梳子上面的无数根发丝我都深感可惜。

“我跟曾医生汇报过自己目前的情况。”王先生看着我，眼神忧郁。

“这一切都不是那么重要了，能好好活一天就好好活一天吧。”王先生仍然对未来是那样的伤感和无奈。我突然放弃了最初想改变王先生悲观思想的想法。他说得也有道理，每个人情况不同，也许结果也会不同。

当然他对自己的理解更多，我和他也只是偶然相遇，我本来想把紫芦大哥的情况跟他再介绍一下，我也想让他和紫芦大哥学习中医配合治疗。言谈中好像他对我的介绍并不感兴趣，仍是一种绝望和悲观的思想，他说自己是一个无用的人了，也不用上班了。

我所有的热心也只能化为泡影。

我觉得，即使只有不长的时间，即使面对死亡，也要提高生活的质量。

那时紫芦大哥就是我生活和工作的楷模。他忙着他的工作，我忙着我的工作，偶尔我们可以聚聚，聊聊各自的病情和生活。

我突然想到了他，如果没有与死亡擦肩而过，谁能理解他走过的十年是怎样的艰辛历程？谁又能看懂他眼里对生命的渴望？

我一直想去真实地采访紫芦大哥，写写他与病魔抗争的故事，却一直没有下笔，因为我知道他对生命的理解不是普通人所能感知的。

他为我掀开了生命希望的一页，英雄也是需要楷模的。

即使我们都不是什么英雄，但我们同在与癌症抗战的跑道上。

我认为紫芦大哥就是我的楷模，是所有白血病患者的楷模，因为他让我明白了活着就是生命真实的成功！他在，我心里就踏实。无论医生介绍格列卫多么重要，但是目前还是试验阶段，而紫芦大哥已患病接近十年，是活生生的例子。

不能不说他对我的精神鼓舞作用超越了一切。

我接到一个深圳白血病患者家属发来的信息，我不知他（她）是男是女，听说我目前的治疗情况不错，想跟我交流一下治病的心得。

我没有问他（她）是怎么知道我的情况的，当时我正忙着工作，我回短信说可以，在周末的时候。后来我问他（她）是什么类型的血液病，他（她）说是M4，我好像记得紫芦大哥说过这个类型的病是可以治愈的，我把紫芦大哥的电话给了他（她）。

我们领导对我也很关心，有几次问我，你的病情怎么样？要请假吗？能否像以前一样胜任工作？我回答，我不会放弃工作，我能把工作做得更好，我为何要放弃工作呢？我那么喜欢自己的工作，紫芦大哥还一直在工作岗位上，他还在和我并肩作战。

我们社长也说，不放弃工作是好事，要转移目标，不要胡思乱想，好好工作能忘记烦恼，生活也会充实。

那时候，紫芦大哥告诫我不要太累，不能忘记自己身体还没完全康复。

第十五章

/ 生命之路

我成功地结束了万福大市场重阳节的活动。

现在我又开始策划另外一个金元宝商城的商业活动。

我们媒体和金元宝商城共同举办药都首届民间文化艺术节。

我马不停蹄地跑文化局，找相关领导争取支持。

美容院里的朋友多次打电话，请我去护理皮肤，我不好意思极了。晚上散步的时候我告诉她们最近有时间会过去，美丽的女孩建议："你现在不是有时间吗？"我摇摇头："这是我散步锻炼的时间，我不能耽误。”

每天的时间我都安排得满满的，有时候连上街买衣服的时间好像都没有，朋友同事都说我素面朝天。

特别是这样一个活动，从计划到落实，每一步、每一个环节，都需要亲自协调，要给企业、给信任我的朋友一个交代。

有人说我的闲话我也不感到意外。汇报工作时听到主任说，看到你天天忙碌的样子，有人又怀疑你的病情有假呢。我微微一笑，现在哪有时间在乎这个，我的快乐我知道。

是啊！长期在一线跟企业打交道，发新闻做广告，也渐渐理解做企业的艰难，发展的过程中人们只记得他们的名字，他们的开始，谁又能体会他们背后的艰辛。

哪个老板不把商业项目看成自己的孩子？谁不希望自己的孩子健康成长？这也是跟金元宝商城接触后我最深的感触。我看到了他们的发展决心。

上午去向金元宝商城的黄总汇报活动的进展，黄总给人的印象很实在，根本不像传说中的精明的商人，虽然和他交往时间很短，但感觉还是值得信赖的朋友。他很关心我的身体，他问这样忙碌，你可以坚持吗？

嗯，我说可以，忙碌可以忘记一切。

他对我的态度很满意。他说："我从来没有认为你是个病人，你每次到我们单位都是面带微笑，我们项目有时也会遇到困难，但看着你的笑脸，的确是对我们的鼓励。"

我笑笑算是回答。

"我们好好合作，有困难跟我说，全面给予支持，不要累着。"

我说是有些累，但这样生命会更有意义。

快下班了，我和金元宝商城的副总王素云还在商城溜达，谈论活动的相关话题以及会场的布置。

王素云对我也很关心。

她简直是一个"工作狂"，每次见她都是忙忙碌碌的样子。

虽然认识的时间很短，我们却无话不谈。

"地段这样好的商城是不应该经营失败的。"

"其实去年以来，这个城市几个大的商业区开业以后，都经历了时间和市场的考验，每个商业市场的操作都不可能不出现失误，我们媒体策划这场活动也是希望能够带来人气。"

"跟企业打交道让我觉得生活很充实，这是我多年来工作中没有的快乐，如果我们能用自己的媒体宣传策划活动，激活并引导市场正常运营，岂不是有益于地方经济的发展？”

“我们的媒体应该向这方面发展，我认为。”

在周末回家的路上，很意外地接到了办公室的通知电话，说总编学习回来了，周一上午总编开会。总编要大家就两个问题进行发言：报社的广告存在哪些问题？下一步的广告应该怎样发展？

放下电话的那一刻，我有些感慨，在这个行业几年的时间，有今天的成果无疑是让人振奋的。

目前来说我们的管理机制存在一定的问题，大家工作积极性不高。几个月以来广告业务直线下降，而真正想工作的同志却受到压力与阻碍。

如果是深度改革，我第一个站出来支持。

我觉得我一周的劳累一扫而光，我遥望远处深绿色的麦田，这是我们淮北平原最让人感到宁静的颜色。

最近的收获还是很多的，我知道对工作的付出是有回报的，工作就应该是快乐的。

夜里我辗转反侧。

风还没有休息，他奇怪地问以前每次回到家你躺下就睡着了，今天是怎么回事啊？你还有什么问题看不开呢？

我回答这几天半夜里都会突然醒来，睡得不踏实，而且牙也有些疼，好像是上火了。

我想也许是真的感受到工作的压力了。

有些问题并不如当初想的那样简单，报社的广告经营工作进行了改革，我毫不犹豫地表示支持，放弃了以前熟悉的板块，并且承担了一个陌生的金融专题板块。

风说你真不该让自己承担这样的工作压力，工作可以轻松些，对你来说生命最重要。

这些道理我懂，也许我的心里已经后悔了。

我所代理部门的广告难度很大，别人代理的还有些现成的客户，我这边什么也没有，一片空白，没有一点积累。

我是否不应该这样考验自己？我明明知道要完成任务，要花费很多心思，何苦让自己这么大压力？

“那你不是给自己找麻烦吗，要不就退了，何必呢，完不成任务还要赔钱。”

“没有办法退了，已经和老板签了合同了。”

我也想退了，我也咨询了一些朋友和老乡们的意见。

但答应别人的事就应该努力去做，做人要有诚信。

否则我有愧于领导的教诲。

现在都不敢回忆那段日子我是怎么过来的。我们单位的刘恒新副总编也在担心我，他说不行就退了吧，小范，你身体不行。但是，我觉得工作上所有的困难都无法与我生命中的困境相比，所以我坚持了下来。

真不知该说些什么，忙了一段时间的工作，元旦放假了回到家，懒懒的什么都不去想。午后，听听音乐逛逛街，早晨躺在温暖的床上看着阳光爬上窗台，还真是另一种生活感受。不过这样的日子在短时间内还是一种享受，像我这样喜欢在外忙碌的人，时间久了也许就是另外一种未知的结果了。

这些年，特别是过年的时候，真想在家里多待上两天，陪陪父母、孩子和老公，可每年新年的假期只有七天，七天很快过完。又要上班了，又要忙于工作，又要奔向另外一个城市。老公也是恋恋不舍，还建议我不要在早晨回去上班，天气太冷，要坐下午的班车回去。这可是过年啊，我真不想回去了，我对家也有说不出的不舍。我说先回去上几天班，等正月十五我再回来。

要做一个成功的、有责任心的人，首先就要把家经营好。一个温暖的后方，也是我生活中最重要的一个追求。

我真想在家里好好待着，什么都不想，好好照顾家人，或被照顾。可是现在还不行，许多该完成的事还没有完成。刚刚有一个好的工作环境，坚持了那么长时间，应该让自己有一个锻炼的机会，承担起自己的责任。

再过两年吧，有一天我肯定会回来的。

我这样安慰自己，做人要有责任心。

但我这个年龄是工作的最佳时期，我就是回来了也要工作。

“不回去也好啊，可以帮我干些活，我来发你工资。”老公说的是实话。他最近的工作也有很大进展，让我看到了他对事业执着的追求。

他也越来越愿意为有一个幸福的家而改变自己。

为这个家承担起责任，并支持着我的追求，让我虽在外工作却无忧地生活着。

告别了猪年，日历撕去了最后一页，心里感触很深。还好，身边的亲人都在努力奋斗，我不知是不是自己的意外变故改变了他们，就连我的两个弟弟现在都很努力。

弟弟们每一次打电话过来，都十分关心我的身体，关心着我的工作和生活，他们已经长大了，他们从不对我倾诉什么烦恼和生活的压力。

“是的。”弟弟说，“两年前你的这场病的确吓到我们了，所以不能让姐姐承受过多的压力，也不知姐姐以后病情会有什么变化，要做好这方面的准备。”

当时求得别人的帮助是多么的艰难，我似乎也为之失去了做人的尊严。为了最亲的人能活着就是遭遇再多的磨难也都值得。小弟说的话总是让我感受到亲情的可贵。

我笑着说：“我身体没有什么问题，其实今年比去年感觉好多了。”如果到了最后一步，花钱也是多余的，我不会再让所有的亲人和朋友为我做这样没有结果的牺牲，我有这方面的思想准备。

我们报社安主任还表扬我呢，说我每天工作这么忙，还有时间写点东西做个思想总结，真不错。

前几天有个朋友在博客留言对我提出建议，建议我应该多转变角度去思考。

我相信我会坚持下去，在这条不容易走的路上。

元旦这天的下午我又踏上回亳州的客车。

虽然我带着一丝对人生的无奈，带着对亲人的依依惜别之情。

但是我对未来总是充满幻想，我的心还有几分坚定的平静，生命又平安地在这条路上行走了一年。这一年应该是心灵收获的季节。

在这条路上，我觉得我还是一个学步的孩子。

新的一年里，我仍然是一个士兵，我还要前行，我会记住一句话：让生命之路充实平安。

第十六章

/ 告别的感伤

回想那年春节，对于未来，我还信心满满。春节过后两个月，紫芦就永远地告别了我们。

我以为时间能治愈一切伤口。

每日的工作安排的满满的，我短暂地忘记了自己是一个患了癌症的病人，时间飞逝，每当生活和工作中遇到不顺，我的心情会陡然失落、悲观。

不可否认紫芦大哥的离开对我的打击其实是很大的。

工作再忙，我都会不由自主地想起他谈笑风生的样子。

脑海里就像播放电影似的一个镜头接着一个镜头。
有几天，心情无论如何调整，我总有种说不出的难受。我不敢再拨通紫芦大哥家的电话，去安慰他年迈的母亲和悲伤过度的妻子。

对于紫芦大哥的离去，我跟许多熟悉他的人一样感到十分惋惜。
紫芦大哥在金融机构工作，而我的工作也是与各家金融部门打交道。
在默默走进金融机构时，我还是发现了墙上他的讣告。
我的心情一下子跌入谷底。

想一想紫芦大哥在的时候，我无论遇到什么困难都可以说给他听。而现在呢？再大的压力也无法和别人交流了。
我默默地鼓励自己，要好好地工作。
那天去社长那里汇报银企对接会宣传的工作，我们社长还关心地问我有没有受到紫芦大哥的影响，让我不要难过，心情好一切都会变好的。
我心里很是温暖。
其实我早已明白生与死的故事，生与死是每个人必然的经历，死亡也未必就是一件坏事，它是生命最终的归宿。生与死是一样的道理，是自然的必然规律。

我的内心偶尔也会脆弱，我也会害怕死亡的来临。

其实我并不是外表看起来那么坚强，我内心会突然出现恐慌和不安，时隔很久，跟紫芦大哥遗体告别的一幕画面，也会出现在脑海，那天紫芦大哥躺在棺材里，他家门口搭起了灵棚，门外放着各种颜色的花圈，我站在他的棺材前，默默无语，泪如泉涌。

这段时光的天气一直阴沉着，没有了阳光。我的心情也变换着跟天气一样阴沉。

我只是怀念，紫芦大哥曾经给予我许多的建议和鼓励，他却不小心自己先离开了，我再也没有机会去聆听他的人生感悟。再也听不到他的声音，我只能和他的亲人一起怀念。

我为他的去世而惋惜，也许他早点服用我现在的药，就没有问题了，可是紫芦大哥考虑的应该是家庭，我这样猜测，他不能让家庭陷入困境。钱，的确为难了许多人，很多人都有不得已的苦衷不得不放弃生命。

没有经历别人的生活，真的无法理解别人的处境。

我就是在这样一种悲伤的心情中，久久不能平静。

金融特刊顺利出现在全省银企对接的会议上，与读者见面。

在全省银企对接的总结会议上，我亲耳听到省委、省政府的领导张秋保秘书长以及银行系统主管部门的领导给予亳州晚报社金融特刊的高度评价和表扬。

张秋保秘书长说，亳州是他今年去过的最后一个地级市，也是让他感到工作做得最扎实的地方，刚进酒店就看到《亳州晚报》全面地对这次银企对接的报道。

我跟我们单位的记者同样高兴，因为我们是一个团体。

《亳州晚报》出版的金融特刊宣传到位，版数从五版增加到十五版。而且刚进酒店我们就看到了《亳州晚报》被放在会议桌面上。

有许多人都是看到这样的宣传才走进我们现场的。亳州市委、市政府宣传工作做得比较出色，比较主动，银企对接推介的项目也很有特色，《亳州晚报》成绩显著，哪个地方工作主动，哪个地方效果就比较明显。

张秋保秘书长做了总结，并且对下一步工作提出要求。要求还要加大宣传力度，对银企对接的意义进行深度报道，同时进一步宣传金融的新产品。为此，市委、市政府因为宣传到位也受到表彰。

在会场上，我们同行的几个记者都在给我眼神暗示，这是省领导在表扬你的工作呢。会后，亳州市银监分局的负责领导也很高兴，抓住我的手，摇晃个不停："谢谢秋荣啊，这是省领导对你工作的肯定，我都记录着呢。"

我说这是亳州晚报社和大家齐心努力的结果。

亳州市银监分局的另外一位副局长电话里很高兴，也表扬说："你的工作很出色，果然是高级记者啊，出手快，效率高，应该受表彰。"人民银行的办公室刘辉主任也很兴奋，他说："亳州的宣传工作突出，这与你的努力是分不开的，我们继续合作，把金融宣传做到深入民心。"

我说其实是你们支持力度到位，我是跑腿儿的，是为你们服务的。

忙了一天的会议总算结束，我突然轻松起来，不知关于今天活动的新闻会如何发，但我相信我们记者的水平，所以不再担心。

最后我和亳州市银监分局的办公室刘年主任沟通，还要总结一下各大金融机构银企对接成果的新闻亮点，以弥补不足。

我一直在活动的现场，其实我能做的仅是和熟悉的客户进行简单的交流，发挥我们媒体的主导作用。

我们受到的表扬和金融系统的支持是分不开的。

这也是很多人努力的结果。我认为我们不仅是在做新闻，包括专题、广告在内，其实我们可以做的很多，那就是让客户的宣传得到认可，对你的人品认可。

他们才应该受到表扬。

我们要让他们信赖。

加印的报纸是我骑车送到酒店的。省里来了一百六十位领导，我就送了一百六十份报纸给他们，余下的我送给了银监局的工作人员，让他们放在了会场，这样所有入场的人都可以拿到。

并且我给所有的金融部门领导都发了信息，感谢他们的支持和配合，也加强了他们对我们媒体的印象。

那天加班的情况对我们所有的编辑应该都是一种考验，如果对待工作不去想办法、不去思考、不去创新，那么怎么会有更好的发展呢？我感觉我的工作变得更为复杂，如果想取得工作上的新进展，只有主动才不会被动。

新媒体的发展，对我们来说的确是一种考验。你想去领导市场吗？你想打败你的对手吗？那你就要与众不同、能力超群，随之而来的是新闻策划、栏目策划行业的分工也要越来越细。我们不能仅仅停留在“坐、等、拿”阶段，这些已成为过去。

今天我还受到单位领导刘恒新副总编辑的表扬，他给予的评价更高，他说这样的特刊既能让读者感受到深度，又能给单位创效益，创造了报社的新纪录。

我觉得不好意思，那是鼓励吧。

我不是骄傲，我只是在想，我们的改革目前是很不错的，有这样一个好的工作环境应该珍惜。

过去许多不良的局面正在缓慢扭转，应该努力地、愉快地去工作，只要活着就要工作。

晚上一个人散步，小区里广场上依然有锻炼的人群，池塘边青蛙的叫声此起彼伏，天空中出现了星星，我在想有谁能听见夜在歌唱?

初夏的风吹走了这个春天最后的感伤，星期天的午后我又匆匆回到工作的城市。

第十七章

/ 异乡的思念

一个朋友离开了这个城市，她回到自己的故乡工作。

她的离开让我的心感到了片刻的失落。

而我一个人还在这里，奔忙着，前行着。

望着车窗外来往的人群，有一种恍惚，有一种思念，对这个城市仿佛熟悉，却又突然觉得陌生。

当钥匙打开房门，当手触摸到飘落在书桌上的尘埃，生活又在无声无息中走过曾经的路口，人生有聚就有散，在回忆的路口向四周张望不知何日与君相逢。

坐在沙发上，泡了一杯茶，凝望着窗外渐渐下沉的夕阳，只留下一对美丽的蝴蝶在飞舞，那是一个友人离别时送我的珍贵礼物。

为了相逢，一切都是离开时的那个样子，开始整理凌乱的衣服，拭去桌子上的尘埃，打开窗户让风吹进卧室，给枯萎的花浇水，收拾厨房的残局。

周末，我几乎是在睡眠中度过的，一周的劳累都在梦中挥发，有挣扎，有伤感，有愤怒，有对紫芦大哥的追忆，感觉他还活着，感觉他还在梦里与我对话。

但所有的希望也都在梦里修复，活着就要有感情，我觉得我又回到从前和风相识的日子，没有多少的语言，我们只是在小雨中并肩默默地前行。

在晚风中我总有感冒的症状，这说明我的体质总是经不起寒风的考验，风总是责怪我不小心，亲人的关心和安慰让我感到幸福和温暖。

虽说相聚匆匆，离别匆匆。

风在网络空间里传来一首歌，《最远的你是我最爱》。他选了我喜欢的歌，在夜里我听到了他在歌唱，我丝毫没有怀疑，也许那是寂寥时的风真心的表达。
不管有多少明天，最重要的是今天收获的一丝感动。

晚上要出去散步，不知有多少次了，钥匙在房间里却找不到，最后却发现它挂在门上。做人要简单，做事要精细。
不知怎么了还是感觉有点感冒，要注意还是不能轻易地脱衣服。
“从现在开始又要一个人去生活了，要好好照顾自己，好好生活、好好工作。”我时刻记着远方风的叮咛。

是的，一个独自在异乡工作的人，一个生命经历着磨难的人，在时间的光轮中前进着，那个人就是平凡的我，想到家的温暖，留恋着、矛盾着自己的选择。不努力地工作，自己的命运该如何改变？只有自己才能改变自己的命运，一路走来，与癌共舞。
我找到老乡，说出自己的想法，我想回故乡去工作，想回去照顾孩子，想到父母的年龄大了，也需要照顾了。
感觉幸福的是父母身体都很好，还在家乡忙碌着农活。

那时在药都的老乡二话没说，就拿起电话帮助我联系拂晓报社的总编。

当老乡安排我和总编见面的时候，我很激动，那天我是从半路回到宿州的，坐大巴车刚刚到永城，就接到老乡的电话。

回到宿州在街上买了一套红色的裙子，那是我第一次把那么热情的颜色装饰在身上。

我总是在不经意间遇到生命里的贵人。

第十八章

/ 与癌共舞

自从生病后，我发觉有时我的脑子会有空白。

说话也颠三倒四，记忆力也变得很差，所以我想到什么，就会说些什么。

我没有多么与众不同，只是因为癌症的光临，它让我如此地珍惜当下。

工作中我经常忘记自己是一个病人，只有去了医院，去做检查，我才会意识到自己还有慢粒老友的陪伴，只是随着时间的推移我对它的害怕越来越少。

我每个月去合肥一次，到安徽民政厅慈善总会领药，需要找医生签字，然后根据医生开出的单子，再到北一环安徽民政厅慈善总会一楼领药。

我想说，我真不想出门坐汽车了，特别辛苦。

从药都到合肥要五个小时的车程，坐火车也要四个小时，来来回回加上检查、领药什么的就要两天时间。

这次去省城领药我发现发生了很多变化，当我急急忙忙去找安徽省附属医院的医生签字的时候，医生不在，我又开始在整个血液科寻找。

后来我发现上次领药的小会议室一直开着。

原来医生已经开始在那里给病人开药方拿药了，里面围满了病人，是啊，安医的服务改进了。

在医生的建议下我又去做了血常规检查，很意外，结果十分钟就出来了，我把这个消息告诉了负责的医生，他笑了。

他建议我到三月份做一次染色体检查，半年做一次基因检测。

“好，好。”我应诺。

这次血常规的白细胞数量医生说还算正常，我想应该是我这几天晚上没有休息好，以前都是正常。

“为何这次降低一点呢?”我忍不住问道。

“正常，不用担心。”医生说。

在金元宝商城开业的时候，我买了一本书。

书一直没有时间看，这次我到合肥的时候就把它带在包里。

书名是《我的健康管理书——受用一生的营养免疫学》。

我在回来的火车上一口气看完，并且感受到一部有用的书给自己身心带来的愉悦。

我记住书里这样的一句话，人体大多数的疾病都是免疫系统失调引起的，提取天然营养且无副作用的食品，就能提高免疫力，自然不怕病来折磨。

是啊，做一个无知的病人也是可怕的，一定要抽出时间去吸收一些有用的知识，这对自己来说也就是对生命负责。

近期亳州的雾特别大，天气也很冷。

就没有去拜访我那几个还比较陌生的客户。

去了金元宝商场，想了解一下他们这个项目开业的情况，也想把以前活动的尾款给结了。我在黄总的办公室等了很长时间才见到他。

黄总好像很疲惫，看得出有些问题很棘手。

我不想打扰他。

简单地说几句话我就离开了，王素云副总也不在，否则还可以找她聊天。

天气太冷，中午和几个同事去吃小吃，没有休息的感觉真是难受。

坐在椅子上，没有一点精神，我不停地打着哈欠。

下午工作起来我的脑子像缺油的链条一点劲儿都没有。

我要做的事有许多，每天忙并快乐着，收获的不仅是结果，还有过程。

《亳州金融》专栏我已经开始组稿。

我知道像这样的栏目需要一个有责任心且略懂金融的编辑。

快下班的时候我又去了万福大市场。万福大市场的林总经理又有新活动计划，我喜欢跟这样的企业合作，因为能从中学到很多东西。

林总是一个很懂经营的人，也是一个活动策划高手，他说他看到街上的交通协警特别辛苦，过节了万福不能忘记他们，想给予他们爱心和支持。

我把简单的策划草案交给了他。

离开万福的时候他们要下班了，我没有什么应酬，也没有催我回家的电话，我总是很自觉地踏上回家的路。

这是我一个人多年来的习惯。

出租车窗的前方仍是没有吹散的雾，坐在出租车里我看着大雾给人们带来的不便，很多人放慢了脚步。

我又坐在被窝里敲打键盘，享受着冬日的温暖，任窗外夜色中大雾弥漫，寒风萧萧。

不知明天的天气会怎样。听说会有小雨加小雪，明天是周五了，又是回家看孩子的日子。

我还是坚决地选择坐早班的车回去。

那天宿州拂晓报社的总编通知我十月底回去上班。

我要回宿州了，心里也有不舍。

社长找我谈话："你取得那么多成绩，到一个新单位还要重新开始。"

社长的挽留，让我有了些许犹豫。

我目前的收入已经不错了，回去的工作比现在的少三分之一。

那就辛苦自己一些吧，我知道没有钱的难处。

我相信无论多大的雾总会散去，虽然在大雾中前行会很艰难。人遭遇困惑时就如在大雾中行走一样，只要目标明确，只要坚持，只要有风、有阳光，雾总会随之飘散。

冬天既然来了，冷是它的灵魂，那就迎接它吧。

我期待一场雪花的飘落，那才叫冬的美丽。

第十九章

/ 雪落无语

我总是在忙碌中忘记自己的存在。

风傍晚回家的时候，拍打着身上的雪花，说外面好冷，开始飘雪了。

我站在六楼的阳台，推开玻璃窗遥望窗外的世界。

天空灰茫茫一片，什么也看不到，路灯下的雪花相拥着、飞扬着，展示着它简短生命中的美丽。

对面的环城河水在黑暗中泛着晶莹的光芒，两岸的草坪上已经铺满了一层白色。

一辆出租车减速而过，我看见雪飘落在地上，化为泥水。

路上还有零星几人匆匆走过，我感受到雪花飞舞的快乐，冬天的雪是大自然送给人类的美丽礼物。

我没有听见雪花飘落的声音，它落在我的脸上，带来丝丝的凉意，我只感觉与它相遇的一刻，我的心灵充满了真实的快乐。

风还没有吃晚饭，我换鞋下楼去小区不远的地方买了简单的晚餐，没有打伞。一份稀饭，一份只有酸甜味道的麻辣烫和几个热乎乎的烧饼，我们吃得很是有滋有味。

风说："今年收入还行，想办贷款买套房子。"

我说："是啊，早就该买套房子了，租房子也不划算。房子换来换去的也不是办法，你的事业需要再发展，我们也需要属于自己的家。"

"我就怕万一你身体有变化怎么办，还是留着钱给你看病吧。"

这样的话风不止对我说过一次。

和他风风雨雨走到今天，我清楚他现在的想法。

我曾经埋怨过他，也曾经恨过他的自私，在我生命中最艰难的时候，感受到他们整个家庭的冷漠和无情。

一个家庭经济上的贫穷并不可怕，可怕的是情感的贫穷。

我想努力改变这一切，我想，无论生命经历什么我都无所畏惧。

我的儿子应该得到属于他的家庭温暖，他的成长之路，可以有失败，但不能有残缺，可以有贫困，但不能有冷漠。

我告诉风，如果有一天我真的死了，我不愿意回到乡下的老家，被掩埋在一个偏僻的乡村，一个让人感觉害怕又陌生孤单的地方。

“死了我也要和你们在一起，我们可以买一块公用墓地。人多的地方我不会害怕的，真的，我也希望亲人能去看看我。”

我心平气和地也是第一次和他谈到我死后的话题。

我还没说完，风就默默走开了，他什么也没有说。

我听见他推拉窗子的声音，我的话也许让他有些伤感。

死也没有多么可怕呀，我是在雪花飞舞的时候想到这些的，而且心情也是快乐的，雪花的生命也是有限的，但是它的到来会给所有的人带来美好的感受。

没有人能拒绝它的美丽，没有人不喜欢它的飞舞。

我的心发出诗意般的感慨，只要来到过这个世界，还在乎时间长短吗。

“雪越来越大了。”风说。

风在窗前推开了窗户：“明天回去，还是后天回去?”

我说不知道，明天再说，先问问老乡吧。回来时是跟李行长和他女儿一起回来的，看来还要等李行长的车一起回去。

这些年来在亳州的老乡给予了我不少关心和照顾。每次见面他们都会给我很多鼓励，几个老乡都很优秀。我从他们身上学习到许多做人做事的道理，得到了他们真诚的帮助。

特别是生病住院的时候，我身在异乡却感受到了亲人般的温暖，几个老乡都给予我经济援助，精神鼓励，对我来说那就是雪中送炭。

以后只要我活着我就永远不会忘记生命中雪中送炭的人。

这是我感受雪落的时候想到的点滴。

感谢那些曾经给我关心和帮助的朋友。

那些在我身后默默给予支持，让我得以走到今天的朋友。

人的一生需要朋友，更需要雪中送炭的朋友。

骄傲的是我已经拥有这样值得珍惜的朋友。

在我生命经历磨难时得到见证。

我是周一的早晨跟老乡的车一起回到亳州的。

那时田野里还有厚厚的积雪。寒冷的冬天已经到来，春天还会远吗？

第二十章

/ 成功的背后

“从宿州过完周末后又回到药都工作。

每月一次从药都到省城合肥检查，一年四季我就像一个陀螺不停地转着。也许只有这样，我才能忘记自己曾经与死亡擦肩而过。

有的人说我这些年事业很成功，我不这样认为，我只是让自己的灵魂找到归宿而已。”我淡淡地对南山说道。

南山用赞许的目光看着我：“知道您写书，就对你很是佩服，并且听说你的事业很成功，在章小可眼里你是一个强者。”

我笑笑：“你看我是个强者吗？”回忆这些年的工作我很是自信，我不知道这个世界有多少人跟我一样经受病痛的打击，却没有放弃工作，我内心很感激工作，感恩单位这个平台，虽然很忙，很累，内心却很充实。

每个人所谓的成功都有自己不为人知的故事。

二〇〇八年一月十九日我所代理的金融特刊成功创刊。

吃过晚饭后，觉得还是有点不放心，我又回到报社看样版。

九点多钟，觉得没有什么问题才离开。

离开的时候，我看见单位领导张副总编辑还在值班，我问：“张总什么时候下班？”

他说：“要十一点才能下班。”

我以为只是自己忙碌，没有想到我们报社的值班领导也很辛苦啊。

走出报社的大门，街上迎面吹来刺骨的寒风，我感觉媒体工作者真的很是辛苦，每天一份崭新的报纸放在读者面前，那么多信息量，需要很多记者的付出。

夜里十一点钟排版室的李季还在打我的手机。

小李最后一次问我领导照片的排序，我重新把名单说了一次，确认没有任何错误的地方后，我才安然休息。

第二天早晨我很早就到了单位，也就是元月十七日的早晨，我准备把第一期报纸送到几家相关的金融机构。

金融专栏的整体排版效果都很不错，我觉得很满意。

市长的发刊词写的也很有水平，相关的金融稿件也准备得非常充分。突然我发现出现了一个字的错误，那就是人民银行亳州支行荣刚行长的职务打错了一个字，他是党委书记结果变成了党组书记。

我有些慌了，最近协调金融专栏的创办的确没有少跑腿，去做几家金融部门的工作也费了不少口舌。

怎么会出现这样明显的错误呢？真是不应该。

荣行长是一个对工作很认真和细致的人，我想不出用什么理由向荣行长交代。

媒体人总是严格要求自己，一份带着墨香的报纸明早出现在读者面前，不允许有任何的错误。

哪怕一个字的错误，也可能失去一份信任。

没有想到这件事却发生在我的身上，其实没有人批评我的时候，我已经对自己的工作进行了自我检讨和自我批评。

事情已过两天了，但拿到这份报纸我心里就会对荣行长感到深深歉意，荣行长对我的工作是那么支持和关心，我觉得对不起他。

刘副总编的办公室桌上放了一大堆的报纸，淹没了他手里的电脑。

工作遇到了问题我总是想倾听一下他的意见。

听刘总谈下一步报纸改版的想法和思路，总是能给予我信心，我对工作的热情又增加了几分美好的希望。我说如果有发展的空间我就要在这里好好工作，否则就回老家去了。

“老公在家不放心?”刘总编辑还和我开玩笑。

“不是，老公对我很好很支持，我也很珍惜我们的家，放心吧领导，我才不会犯什么感情的错误。我是想回去照顾孩子的学习，我说的是实话，也是心里话。”

“你能把金融的栏目做成，能超额完成报社的经营任务，已经让我刮目相看。说实话刚开始真担心你，身体不好，还有工作的压力，还能把家经营得这么好，更让我佩服你。”

“刘总您确实值得我尊重，感谢您一直以来对我的鼓励。对于人民银行出错字的问题，我先去承认一下错误，等人家发现问题了，再说就迟了。”“昨天叫编辑注意这个问题了，问问编辑到底错出在哪里。”

李编辑是我认为最认真的一位编辑，为了这个栏目我们沟通过几次。难道是他们传稿子时出现的问题？我猜测，但不能肯定。

天阴沉沉的，飘着雪花，我把当天的报纸给几个相关的赞助部门送去，他们都很满意，给出了很高的评价。

下午在从亳州市银监分局回来的路上，半路就接到人民银行办公室主任刘辉的电话：“怎么能出现这种问题呢？领导平时对工作要求挺严的，我也不知道怎么交代。”

我知道问题来了，就说：“上午过去了，你们不在。”我马上过去向荣行长解释。

我上午的确去了人民银行还送了几份报纸交给他们办公室，另外也想及时向他们承认错误，那时荣行长和刘主任出差还没有回来，我就和他办公室另外一个副主任主动说明了情况。下午又去人民银行，见到刘主任，不过现在他已经升为副行长了，他说："本来很高兴地把第一期报纸给荣行长送去，没有想到马上就发现了这个错误。"

"是我的错，请您原谅，我一会儿就过去给行长道歉。"说完我立即转身敲开了荣行长办公室的门。

我首先笑着向行长问好，然后不好意思地向荣行长汇报，说自己的工作不细致，出现了错误，跟他们办公室的人员没有关系。

也许是看到我态度的认真，荣行长脸色也突然放松了，宽容地笑了："没事没事，我刚出差回来，不过整体还是不错的！"接着他给我提出金融人物的访谈意见，并且对访谈的内容布置了任务。

在荣行长的办公室时我接到刘总编的电话，他说这是我的错要自己承担，但是要好好向荣行长解释。

我没有什么借口，这是我的错，要勇于承认。

荣行长的宽容更让我觉得对自己的要求应该更高些。其间有几个人找他汇报工作，我不便继续打扰，趁着他忙碌接电话的时候，我给他空空的杯子添了水，然后离开。

我在听一首歌，朴树的《平凡的生命》。

早晨打扫卫生时，发现冰箱上面玫瑰花低垂了脑袋。

我浇了水中午也没有变化。

后来我想客厅里没有空调，也许是因为太冷了，而它也许是温室的花。

我把它移到了卧室的窗台上，阳光可以照在它身上，空调也打开了。

这么寒冷的天气，应该是这个冬天最严峻的考验了。

我在几天前就关注这两天的天气变化，我们所在的城市有小雪。

一个合肥的朋友发短信说："好大的雪啊，我喜欢雪的世界，祝雪日快乐。"

"我们的城市没有下雪啊，隐隐约约还能看见太阳的脸，我也喜欢雪的世界，祝雪日快乐。"

天气预报还是有些误差了，下午的时候阳光从窗户透进房间，给了我些许温暖。

接到远在苏州的弟弟的电话，他说今天的苏州雪也下得好大，这个春节不知能否回家。

我嘱咐弟弟出门开车要小心些，并庆幸今天我所在的城市没有飘雪。

给母亲打个电话报了平安，决定春节回家过年。

母亲说父亲又喝酒去了，我是心疼父亲的。

我不知怎样和父亲交流。他一定有自己的心事。

我希望母亲能温和地对待父亲，多给他些温暖。

傍晚从万福活动布置的现场回到家里的时候，我打开了灯。

发现窗台上玫瑰的花瓣和绿色的叶子全部又抬起了头。

我笑了。

记得这个周三我和记者邓传功参加了建行一个高端客户的感谢会。

在招待的宴会上。

坐在对面的是一个文化局的同志。

他说，他是文化局办公室的，跟我们单位的记者很熟悉。

我很早就知道你生病了，你却自强不息。你是值得大家学习的。你的精神值得大家尊敬。虽然身体不健康，但你有一个令人尊敬的健全的人格。

听到此言，我并没有骄傲。

接受这样的夸奖已经不是第一次。

我懂得了大家对我的关心，首先是因为他们天生拥有一颗善良的心。

其次是对生命的敬畏。

如果我没有患上如此重病，别人也许对我就不会如此关心。

在接受朋友关怀的时候，我时常会这样想。

因为工作的性质，有时我自己单位的同事跟我开玩笑说，你忙的是钱啊。

可是我忙工作时也从没有去谈什么条件。

玩笑过后有时我也会想，会问自己，不管能活多久，这一生中对我最重要的是什么？

提升生活的第一步，就是学会对自己负责。

在决定继续学习或选择工作时，要清楚自己的动机，是为了实现我的追求，还是为了别人。

《亳州金融》专栏周四出了第二期，

人民银行亳州市中心支行刘辉主任说，领导说不错。以后我们两个要把专栏办好。

分管金融的一位副市长也说这两期办得不错，春节过后拟将保险会议召开通知交给我。

我知道专栏才刚刚开始，还有许多的欠缺。

我说我会努力。我知道我要学习的东西有很多。

包括与金融相关的枯燥知识。

我下周还要把我们两个总编关于晚报设想的意愿向他们转达。

《亳州金融》专栏的创办，无疑会成为读者关注的热点，也将是改版后的又一亮点。

我坚信这是我们报社又一重要创意。

走在经济金融的前沿。

酒的味道有时感觉是这么醇美。

可是我不能喝酒，为身体的健康着想，为了生命的继续。

我能控制自己，那一刻我觉得我突然长大了。

我学会了许多，首先学会了面对困境时的超脱和勇气。

第二十一章

/ 感恩地前行

又一个冬天过去了，这是春天第一场春雨。

夜里房间里很寂静，我坐在床上听见窗外雨滴的声音。

电脑也不知有什么问题还是无法上网，我突然觉得我的亲密战友生病了，而这些都是我粗心的过错，我对它的情感就如对我的手机一样，形影虽离，心却相通。我不知什么时候开始习惯在漆黑的夜里把所有的心事向它倾诉。

像我这样死里逃生、对工作充满热情的女人，能有今天这种状态，我就应该是快乐的。

那是一种什么都阻挡不住的心灵的漫步。漫步的方式也许就像今晚的天空，虽然没有星星和如水般月亮的陪伴，但在这个异乡的春夜中，雨声又岂不是最美的乐曲呢？

此刻只能敲击键盘，像雨水融入大地宽阔的胸怀，用心倾诉彼此的想念，享受着爱人的呼吸和温暖的心跳。

无论每天经历什么，我总是会不由自主地想到自己所经历的种种曲折，会不由地对每天的快乐充满感慨，会不由地做出人生总结：是啊，活着真的很幸福，活着就要充满希望。

也许经历磨难的过程真的就是成长的过程，成长的过程也许就是挥洒人生的美丽过程。一场不同的苦难也许注定就会有两个结果。

一种是自卑自怜，怨天尤人，久久走不出黑暗的阴影。另一种也许就像现在的我一样像模像样地活着，开开心心地活着，毫不气馁地像正常人一样有尊严地活着。

要靠自己不断学习向“敌人”挑战，要像健康人一样努力工作，但不能放松警惕，还要和“敌人”做好持久战争的准备。

有人问我每个周末都回家，是否辛苦呢？

在每周来来回回三百公里的路上，我有足够的时间思考这个问题。

人生何尝不是在路上?
为了生存的人们，各有生存的方式，人生各有追求。
只要自己认为快乐，何尝谈到辛苦两字呢?
看看这路两边的风景，从春到夏，从夏到秋，不停地变化，这变化也让我越来越感受到活着的幸福，感到一路的风景越发迷人，幸福和辛苦都是心境决定的。
每个周末我都在路上领略了四季的风景。
我心怀感恩地前行，不再向谁伸出求援之手，我觉得自己应该还是一个站立着的人，可以比健康的人做的事更多，比健康的人心理更健康，我的生命走过卑微，迎来了曙光。

医保中心通知要还一部分借款，那些钱是我住院时，提前预支我的。我们办公室程主任很是着急，找到我说明情况。
其实医保中心的主任对我也给予了很大限度的关怀和支持，问了一下具体的数字还有两万多元。为了不影响单位的事情，我周一一大早匆匆找到了医保中心的领导。
第一次踏进医保中心新的办公大楼，来得不巧，电梯停电，我一口气爬上了六楼。

首先见到了医保中心的雅主任，他说他知道我有困难，有钱就还，没有钱再往后拖下，再想办法，只是现在要审计检查。雅主任没有给我施加压力，我说和局长再说说吧，你们在困难中对我雪中送炭，我肯定不会给你们添麻烦。后来，我写出了还款计划交给雅主任。

他们都表示同意，而且当年年底我就如期地还上了医保中心的欠款。

第二十二章

/ 生命的奖赏

周一上班应该比较早。

无论风雨，我仍会按照自己的要求管理好自己。

迎着朝阳走在单位的路上，一天所有的工作计划，一天该忙什么，工作的主次是什么，我的脑子里都会像放电影似的过一遍。

踏进办公室浏览一下当天我们报纸的内容，然后开始自己一天的工作。

拿起电话首先向人寿保险公司亳州分公司的办公室主任杨主

任汇报一下工作，告诉他上周五的会议内容新闻已经刊发，请他注意查收，新闻很短，询问他是否要做专题性质的报道。几大商业银行的长期合作协议，基本签订。

近期我所有的精力和心思不得不放在《亳州金融》专栏上。
和人民银行的刘主任通话，他说马上开会，下午要去外地出差，看来签合同的事又要推迟。
每个单位的周一上午都很忙，所以我也就没有去拜访客户。
真的很感谢我们领导的安排，邓传功记者做事认真，的确给了我不少帮助。
每次行长专访，邓记者稿子出手都很快，也赢得了客户对纸媒的信赖，不过现在他已经是副刊的总编了，见面我也要喊他邓总了。
我们当时与相关的金融部门并不熟悉，我们的专访有助于广告专题工作的开展，人物专访也使各大商业银行行长加深了彼此间的理解。
我们主动服务银行业的工作思路也得到金融相关部门领导的支持。

是的，没有想到，我们的栏目获得了成功。

其实单位也给予了不少荣誉，但是对我来说真正感到成功的不是成绩，而是我能平安地存在，我能在工作中找到乐趣，哪怕付出许多泪水，再辛苦的奔波、忙碌都是值得的！

从二〇〇八年到二〇一〇年金融栏目一直运营很好，广告经营也平稳上升。

那年秋天在领导的鼓励下，我又一次重新开始经营一份新的刊物——《养生周刊》。

这份刊物经营两年来，付出的辛苦可想而知，每一次策划、每一次活动都凝结了我的心血。

《养生周刊》当年的经营额翻倍，我在忙碌中感受到生命存在的价值，是的，我的忙碌换来了工资的增长、疲惫感的增强和亲人的聚少离多。

谁说癌症病人就应该放弃工作？

我说不，工作能让人自救。

一切成功和失败都会变成过眼云烟，唯独那份对当下的珍惜，彰显着生命存在的价值。

这一年，也就是二〇一二年底我被单位评为十大感动人物之一，对于工作中取得的成绩，我并没有太多的欣喜。

我对数字从来没有什么概念，但是我记住了单位给予我的颁奖词：“生命是用来绽放的，而不是用来打败的。”

我喜欢媒体，喜欢每天都面对新鲜的事情，接触不同的人。

我喜欢去聆听别人的故事，别人的故事都会变成我生命的养料。

我的生活和工作里没有怨言两个字，只有一路向前。

我努力证明的是我生命的存在感，和名利没有关系。

我记得这一年父亲和母亲从南方的苏州回到我所在的城市。

我终于可以满足父亲的心愿，给他换上了三星的耳机。

还给他买了他喜欢的棉袄。

但是我却没阻止父亲吸烟、喝酒。

总以为父亲还很硬朗，让他自在生活比什么都好。

父亲第一次来到药都，我却因为工作实在太忙，没有陪他去逛亳州的花戏楼，没有陪着他去看华佗雕像。

虽然父亲对这一切都很有兴趣，但是他只在我的房间安静地看着电视。

父亲总是瞒着母亲偷偷地问我，还需要钱吗？其实他手里并不多。

我总是笑着拒绝他，不用了，留着养老吧。

父亲温和地说，我身体不错，还能干几年。倒是你一个人在这地方，没有亲人照顾，要注意身体！

是的，我心里有好多遗憾。

父亲在我工作的城市住了几天，却始终自己一个人溜达。

父亲年轻的时候是一个很帅气的男人，而我却没有陪他去服装店给他买他梦寐以求的风衣，他穿的是风的旧风衣。

第二十三章

/ 听从内心

翻开二〇一二年一月二十一日的日记，这是我得病后平安走过的第七个年头，这七年我的生活和工作发生了很大的变化。

我的工作已经上升到一个让我满意的高度。

我厌倦了那种复杂的人际关系、虚伪和钩心斗角。

在这一年，我又做出了一个惊动单位高层的决定。

我放弃了成功经营两年的《养生周刊》，一份倾注我心血的副刊，又一次成为同事嘴里的新闻人物。

半夜里突然醒来，看看手机已经是凌晨三点钟了，这次检查还是贫血，也许是脑供血不足，工作中一些乱七八糟的事情，让我的心灵不得安静。不得不起床去给自己烧了开水，冲了一包奶粉助眠。

搪瓷的缸子很暖手，闭着眼睛我突然想起了去世的紫芦大哥，是的，他离开这个世界有五六年了吧。紫芦大哥的经历和教训我一直铭刻在心。

他和癌症抗争十年，最后却因为出差劳累而病情复发了。

在他最后的日子里，我去医院看了他好多次，我看到他在生命的最后一刻仍是那么坚强。“如果抗不过，那就随它去。”这是我收到他的最后一条信息。

紫芦大哥的去世让我又一次陷入了失望，我又一次明白了病魔的可怕，不知在哪个时间我也会随风而逝。悲伤一直纠缠着我脆弱的内心，在无数个黑夜中我默默地流泪。

没有人能读懂我身在他乡，一个人承担这种灾难的疼痛。

有一段时间我都不敢再轻易踏进他的单位，不敢再去敲他家的门，看望他悲痛的妻子和年迈的母亲。

我甚至想删除这些记忆，我和他同病相怜，我害怕看到他爱人的眼泪，我明白一个人的灾难会伤害到整个家庭。

时间是康复的最佳伴侣，时间会抚平一切疼痛，会让伤口愈合。一群好朋友的支持和领导的关心帮助，让我充满了信心去面对一切困难，走出这段乌云盖天的记忆。

在对紫芦大哥怀念的同时，也是在给自己敲响警钟。时刻都不能麻痹大意，因为只有生命是属于自己的。

时刻记住自己还不是一个完全康复的人，如果有一天病情复发了，也许就再也没有另一次机会了。

紫芦大哥就是最好的例子，他也是个工作狂，可走过十年后就再也没有醒来。

我时刻都不能忘记，好好地工作是为了什么。

对我来说生命最重要。工作是为生命服务的，生命不存在了，一切还有何意义。

我曾经想，有一天我倒下了，我的故事该如何画上句号？有谁会为我的生命做总结？

有谁会为我流眼泪？

就像今天为何我的内心充满压力，很多人都在猜测我为何放弃经营两年的《养生周刊》的经营权。是的，通过努力它已经稳定前行，但又有一个大的难题让我这两年每日都如履薄冰，我通过两年的时间，证明了自己生命存在的价值。

是啊，为它付出了那么多心血，我们周刊的编辑们，我们报社的领导们，是大家的支持让我在这两年给《养生周刊》交出了一份满意答卷，我心里很是安慰。

我又一次证明了自己不是一个病人。

我完成了很多常人无法完成的工作。

两年前金融栏目已经平稳，我开始接手《养生周刊》。

两年后《养生周刊》在我的努力下，也收获了成功。

在自己最辉煌的时刻，我却选择了放弃。

最后一次请《养生周刊》的编辑们参加宴会，我一直努力在欢笑中控制住眼泪，不让它掉下来，我对每个人都充满着感激，平时可能会因为工作的原因和某个编辑产生争执，但是一会儿这点争执就会烟消云散。

因为我知道两年来一个媒体的副刊从零开始，没有人力、物力，对我是一个大的挑战。

在这样一个特殊的团队里，付出的努力和心血要比在晚报更让人难以想象。

我听到很多关于我的言论，有关心的：看着你每天忙碌的样子，可以休息一下了。
有惋惜的：《养生周刊》经营策划都很成功，你这样放弃太可惜了，你太傻了，还嫌钱多？
我有时不知如何回答，只能默默一笑而过。

因为对这份刊物有着特殊的情感，所以虽然内心依依不舍，却不得不默默祝福它走得更好。
我知道，爱一个人可能没有理由，而拒绝一个人有很多的理由。
就像我的客户，有的客户会因你的真诚、赞赏你的思路心悦诚服地跟你合作，最后成为朋友，一直走过很多年。
而有的客户，无论你怎么对待他，他都无动于衷。

二〇一二年，这一年我感到从没有过的精神和心灵的疲惫，每天都在第一线忘我地工作着，每天都在和不同客户打交道。经验多了，和客户交流几分钟，我就能知道跟他们合作的机会有几成。

针对不同的客户我都有不同的营销策略和方案，我拜访了近百家企业。可以无愧地说，《养生周刊》的每一点成果都是我们用汗水和辛苦换来的。

面对无数的困难我坚持了两年，就是因为我热爱这项事业，我喜欢这份工作，我能从辛苦的工作中找到幸福和快乐。

作为一线的工作者，我是代表着报社的形象在营销，这些年时刻牢记不做任何损害单位名誉的事情。在外受到多少委屈我都觉得不是压力，就像我们第一次改革，为什么选择金融？别人不认同的，被别人放弃的，我都可以选择，我对自己的业务技能一直都很有信心。不争是我的处事原则。

而《养生周刊》面前还有那么多阻碍，说实话我害怕了，因为有了成绩我被推到风口浪尖，在单位我不敢多说话。

一个难打交道的客户，跑八次十次我都不灰心，但我最怕身边的人天天想着点子研究人，找别人的短板。

每一次领导批评我的时候，我的心里都很感激，但是有时不明白想干好工作为何会有阻碍。

我害怕和厌倦了这些无聊的是是非非。

有许多人都用金钱的眼光衡量着我的成功得失，说我功成身退。

我可以理解，但是我从不辩解。我生命价值的体现，不能仅仅体现在工作中，还有亲情、友情。

我知道《养生周刊》如果没有报社的大力支持很难成功，我们有这么好的平台，我自己能解决的问题从不想麻烦领导。

我想和领导检讨的就是没有及时去和领导好好沟通自己的思想。

其实那段时间，我的心里也特别难受，觉得自己有些固执。

周刊是我从零开始做起的，就像自己的亲生孩子狠下心不要了，交给别人了，心里却又不放心。

它的优势在哪里？它的目标客户群在哪里？要办好《养生周刊》心里就不能以挣钱为目的去对待它。它很单薄，就像我的身体一样，它是温室中的花，需要用心对待它的成长。

这两年我真的太累了。

几年来都是因为工作去找领导，却从未因自己的一丝利益去找领导。

我听说领导因为我放弃了副刊，生气了，发火了。

我只能说抱歉。

几年来每个周末我都要回家，每周几百公里的距离，每个月要到合肥领药检查一次，每半年要到外省做一次重要的检查。

我感觉我的一生都在路上。

来到这个城市虽说偶然，但到二〇一八年，也有十六年了。

我没有算过我走了多少路，无论别人怎么看待，都一如既往地前行。

孩子已经上高三了，我也只能在周末的时间和孩子相聚。对于家庭，我深深地感到抱歉，老公的怨言我是能理解的，所以每个周末无论刮风下雨，我都要回家去承担在家庭中应尽的责任。

可是我总感到周末的时间很短，还没有和孩子好好地交流，就要匆匆赶着上班，心里牵挂着孩子明天会发生什么。

去年婆婆去世了，母亲又住院了，我往返于两地。

人到中年是我近年感到身体疲惫不堪的原因之一，十几年的漂泊生涯，把我推到了一个又一个台阶。

我该何去何从？无数次挣扎，无数次奔波，无数次浏览着旅程的风景，无数次对未来充满希望。

客户是最好的老师。营销一个媒体首先是心要装满整个媒体，眼睛要放远看到整个城市的目标客户，未来的平面广告发展依靠的不是手段，而是是否有一套我们自己的营销模式。
新的一年里希望我能把自己的工作经验做个总结整理出来，以利于新人的培养。

再忆紫芦大哥，眼泪依然轻轻堆在眼眶，没人理解也罢，不能提拔也罢，没有身份编制也无所谓，我的路是我自己走的，我尊重内心的选择，我只能默默走我的路。
辞掉了老实可靠的司机，辞掉了年轻的女大学生助理阿冰，女助理虽然也很喜欢媒体，但是却拿不到媒体编制，转行到了银行业机构，工资翻了几倍，这让我很是欣慰。
我想出书，想要实现我的梦想，我想起紫芦大哥说过的话，紫芦大哥写下的一篇文章还压在我的书桌的抽屉里，再次拿出来已经泛黄。

“自己在生病住院时的确也经历了贫困的自卑，通过几年的努力自己兑现了自救的诺言，我想起了朴树的那首歌《平凡之路》。”

我曾经拥有着的一切　转眼都飘散如烟

我曾经失落失望　失掉所有方向

直到看见平凡　才是唯一的答案

我曾经毁了我的一切　只想永远地离开

我曾经堕入无边黑暗　想挣扎无法自拔

我曾经像你像他　像那野草野花

绝望着　也渴望着　也哭也笑平凡着

我曾经跨过山和大海　也穿过人山人海

我曾经问遍整个世界　从来没得到答案

我不过像你像他　像那野草野花

冥冥中　这是我　唯一要走的路啊

时间无言　如此这般　明天已在 Hia Hia

风吹过的　路依然远

你的故事讲到了哪

曾经如此埋怨命运的不公，渴望命运的公平，现在却觉得平凡是如此难得。

第二十四章

/ 生命是场告白

我的故事讲到哪了？

这其实不是故事，而是一个人真实的内心独白。

那些不开心的、难过的、伤感的过往，早已经随风而逝。

做事人的时间每一秒都是以金钱来计算的，谁能安静地听你的故事？自己也曾经忙碌着追求效率，主动走出去，迎接媒体的变革。

突然闲下来，看着窗外的花儿已经在绽放，听着鸟儿的欢声笑语，天气越来越暖，我还是停在原地，不知如何开始创作。

每每坐在电脑前发呆，却不知如何开头，如何实现我的梦？

这些年一直忙碌工作着，早已经忘记自己是个癌症病人，我已把一些记忆删除，当又要重新翻开那本住院时写下的日记，情感瞬间变得复杂。

那就和另一个自己对话吧，生命本来就是一场告白，不如让它更坦诚些，让它更简单些，虽然人性是复杂的。

风说："还是先放松一下吧，好久没旅行了，我们去泰国旅游回来，也许你的思路就来了，灵感就来了。"

"我不需要灵感，文学的创作源于生活，高于生活，我不是没有内容，只是因为现在心里拥有的都是喜悦，不想让一丝的悲伤挤进去。"

五月长假我跟风一起去了东南亚周边几个国家。

从泰国回来以后，我开始创作《我想要绽放的生命》一书。

三年之后的秋天，二〇一五年的秋天是一个收获的季节。

站在新书的首发现场，看着在我生命中给予帮助的医生、朋友、单位的领导，我多想说一句感谢的话，然后鞠个躬表达我的谢意。

不过还是准备了讲话稿。在新书的活动现场，我一度哽咽，眼泪控制不住地留下来。

今天能站在这里跟各位领导，各位朋友们分享自己的创作过程，我感到十分激动。

首先感谢各位朋友在繁忙中抽空前来。
今天我邀请的人，是曾经在我生命最困难时，关心、帮助过我的朋友和领导，是这些年在工作中对我一直支持信赖的朋友们，借此机会表示我深深的谢意。

记得法国思想家、文学家罗曼·罗兰说过一句话："世界上只有一种英雄主义，那就是了解生命而且热爱生命的人。"
十年前作为一个普通人，如果没有遇到生命的绝境，我根本无法理解生命真实的含义，我可能无忧无虑地过着我平凡的日子，挥霍着不知不觉流逝的时光，少年时的作家梦也会随着时间流逝而落上尘埃，也许就没有今天的《我想要绽放的生命》。

十年前的春天，也就是二〇〇五年的春天，我在苏州大学附属医院被诊断为慢性粒细胞白血病，医生告诉我骨髓移植需要五十万元，我当时如坠入万丈深渊。

每一次回忆求医的过程我都会泪流满面，初与癌症相遇，我还不知该怎样与它相处，我感觉到生命如此不易。那时刚到亳州工作三年，没有多少积蓄，对我而言主要面对的是治疗费用的压力。

住院前的九个月，筹款是一个艰苦的过程，我无数次想过放弃治疗，甚至被同事怀疑过“假病”，接受过领导调查，我给市长、书记写过求助信。

我的生命一度走在悬崖边上，我痛苦着，感到人生的无比艰辛，我埋怨过命运的无常。但是我又是幸运的，得到了单位领导和好朋友的帮助，以及社保、爱心人士的支持。

到今天我都无法忘记这些朋友们曾经给予的支持。当然有的朋友可能已经离开这个城市，如果没有他们的帮助，我根本就无法住进医院，对于他们的帮助我终身铭记。

然而住进医院的五十八个日日夜夜，更是让我的生命经历了一场洗礼。每个住进血液病房的人花费少则几十万元，多则上百万元，生与死只是在呼吸之间，那么多病友都是生死悬在一线，每个人都有一个刻骨铭心的生命故事。

第一病室的病友是十八岁的林建文，因为没钱而放弃了治疗，半夜里偷偷地离开了医院，他的母亲实在无力给他拿出医疗费。第二病室的三岁的小病友陈广森需要骨髓移植，因为无钱移植而失去了生命。

经历别人的死亡，其实就是经历自己内心的一场战争。我听从朋友的建议开始记录下病房发生的生命故事，自己的，别人的，医生的，护士的。

每一个癌症病人初期都充满着恐慌和害怕。从恐慌恢复到平静需要一个舒缓的过程，癌症病人是孤独的，每一个癌症病人首先要战胜的就是精神的困境。

这本书里的每一篇日记，对我来说都是为生命的存在而走出精神困境的心路历程。如果不是因为出书，可能很多朋友都不了解我曾经经历的绝境、我内心的矛盾。

我害怕的是自己被人知道有病就会遭遇异样的同情，可是我已经不需要同情，我和正常人没有什么区别。所以今天我想跟大家分享的是生命的意外无时不在，我们每一个人都应该具备一种英雄主义，敬重别人的生命，关心自己的生命。

我们的生命在舒服的环境里，得以滋润生长，才能在属于它的季节里绽放。住在医院的病房里，仰望窗外美丽的紫荆花，我和我的病友们渴望生命也能像紫荆花一样绽放。

另外，想跟大家分享的就是《我想要绽放的生命》这本书的创作过程，它带着我对离去的紫芦病友的承诺，在书的序里已经说了，他虽然不在了，但我仍想帮病友们圆一个梦。

白血病花费在癌症里是最高的，虽然说生命面前人人平等，也许因为我们的社会机制不那么健全，有很多孩子，很多血液病患者都因治疗费用太高放弃了治疗，离开了这个世界，这让我感到难过。

同时我也想为我和我的病友们加油，不要放弃自己，要学会自救。种种经历让我明白求人不如求己，要学着自强自立。这也就是为什么我十几年没有放弃工作，勇敢地承担工作重担的原因，感谢工作让我感觉到生命存在的价值和意义。

无论工作如何辛苦，跟我经历的生命历程都无法相比。

所以说自己学会了自救，就不会成为家庭的负担。说实话，如果我现在这个年龄出了问题，我或许就不会有这么艰难的经历，我认为努力也是生命的一种绽放！也是一种与癌抗争的英雄精神！

最后给大家分享我的创作过程，创作过程其实也是一个矛盾的过程，有责任，有犹豫。
我的经历确实不想再回忆，但也要重新含着眼泪下笔。

我喜欢看书，可是一部没有感情的书，自己都不想读的话，读者更不会读下去。所以，我用心地带着对生命的热爱去写自己和病友的故事。
我希望自己的书能出来跟读者见面，能帮助读者对“生命”两个字有所理解。同时希望自己好好地活着，活着可以好好地照顾家人，享受着爱与被爱的温暖。

大家知道于娟，书有名了，人没了。于幼清也是上海复旦大学的学生，书出了，人也没了，姚贝娜歌有名了，人也没了。其实我也担心这个，生命还没绽放，人就没了。

我的心里明白任何名利都无法与生命相比，创作和工作都是为生命的存在而服务的，在省城接受媒体采访的时候，我感到了劳累。

九月二十二日在省城安徽医科大学第一附属医院举办的世界慢粒日，我给病友们作报告，向病友赠书，忙得不可开交。过后，我立刻跑到苏州又做了个全面骨穿检查。请大家放心，我还好，一切还正常，不管未来如何，路有多远，要学会坚持，不放弃自己。

我想用我们亳州晚报社刘恒新副总编的一句话作为今天的结束语，这句话是十年前他告诉我的，他说："感悟生命的痛苦和快乐，同样是生命的意义所在。"

掌声响起，泪水模糊了我的双眼。
没有想到我中学的语文老师孙继光也能从砀山县赶来。
也许我的内心希望我的父亲在场，可是我不想让父亲过多地知道我经历的磨难和苦难。
在家里我是他信赖的大女儿，我始终微笑着面对他。

驾驶员开车把北京财富出版社的李彩琴编辑送到宿州东的高铁站，她抓住我的手跟我深情告别，在秋色的夕阳下，她粉色的裙子特别好看。她说，姐姐如果相信我，第二本书请交给我出版。

第二本书也许是我明年的目标，李编辑和我一见如故。
我喜欢这个热情豪爽、酒风也很好的北方女子。
我们在此分手，她去了北京，我去了省城合肥和风团聚。
那天的时间是二〇一五年十月十八日。

弟弟说：“姐，你出书了，送我一本吧？”
我把书给弟弟寄到了苏州。

那一天我去苏州看望父亲，父亲和母亲闲暇时帮助弟弟看孩子。
我弟弟的爱人对我说：“姐，你的书老父亲看了，读了几页就放下了，他一直流泪。父亲说，孩子吃的苦他心里清楚。他曾经埋怨自己帮不到你！”
转过身我的眼泪也流了下来，我是从来不让父亲看到我的眼泪的。

你问我为何很多事情会说得这样轻松？
然而我的内心却也脆弱。
是的，多年来我已经很少流泪，而父亲的眼泪却让我心疼。
还是继续旅行吗？想到父亲，我还会流泪。

第二十五章

/“高反”第一夜

夜宿理塘是我“高反”第一夜。

二〇一七年六月十一日，我们走在川藏线的第三天。

悠悠的“高反”来得比我早。

因为悠悠一路高原反应严重，我们不到六点就到了理塘。

晚上我们吃过饭还在理塘的县城里逛了一圈。

我看起来还没那么严重，只是胃里有些胀气，所有的食物都吃不下，出去溜达的时候还在超市里买了点面包，以防夜里被饿醒时没有东西吃。

南山叮嘱晚上不要洗澡，而我什么也不懂，以为洗了澡能减轻疲劳。

我始终幼稚地认为，只要好好睡觉就能缓解疲惫，然后所有的不适都会在第二天清晨烟消云散。

然而半夜十二点以后，我无法入睡，我的后脑疼痛得像是要爆炸一样，我以为是颈椎病犯了。

我开始给自己按摩，可是却没有任何缓解。

我把枕头拿掉平躺，还是疼痛，难道是脑供血不足？我把头靠在床沿。

昨夜睡眠的时间不足两个小时。

噩梦袭来，浑身还冒冷汗，惊醒了。

嘴角干裂得好像褪掉一层皮，鼻子似乎也不通气，好像被东西堵住了。我摸索着烧开了一壶热水。

看看手机还不到凌晨一点钟，离天明还有好几个小时呢。

肚子好像也有些不好，开始拉肚子，来回跑了三次卫生间。

昨日吃东西很少，所以想吐也没有东西可以吐出来。

悠悠也起来了，原来她一直没睡，在被窝里看手机。

我问悠悠："你怎么没睡觉?"

"头疼得很，睡不着。"悠悠一脸难过的表情。

"是的，我也是后脑疼痛得厉害，好像是颈椎病犯了。"

"你做梦了吗？你说梦话了，而且还有鼾声呢。我也听不清楚你说什么。"悠悠说："我难受得有种说不出来的感觉。"

"我就是被噩梦惊醒的，我梦见母亲把我的东西都给扔出来了，我跟她吵架呢，而且梦里见到父亲，母亲说她还不让父亲回家了。"

"多喝点水。"我起来给悠悠倒了一杯水，"队长说这里高原反应要多喝水。"

"可是我不喜欢喝水。"悠悠说着，舔了舔嘴唇，我看着有些干燥。

我好像梦里情绪很激动、烦躁。

"现在我的嘴巴干裂得难受，耳鸣特别严重，呼吸也不畅。"

我问悠悠："晚上你吃药了吗?"

"没有，我不能表现得太难受，让南山看出来。"

"姐，怪不得我老是听见你叹气，说出来心里能得到安慰。"

"华悦老师，我也知道说出来心里好受些。"悠悠起来喝了两口水，“可是南山心思很细，我当着你的面叫他小名，他都不高兴了。南山说，家里的事不能和你多说，你是文化人，会写书，他担心会把我们不好的地方给写进去，他找我训话了。”

听悠悠这么一说，我心里开始同情她，昨天我还想着给她“上上课”，我认为一个女人首先要经济独立、思想独立，才能活得有尊严。一个女人出门没有自己的钱包，就是没有自己的经济来源，何来的尊严？

只是昨天从悠悠的态度来看，她还是无法理解我的想法。她还在质疑我的思路是否正确，她问我，你当奶奶的时候，你不会不带孙子吧？

我说，不一定。

她喊着：“南山，华悦老师说以后不会带孙子的。”

南山转过身，看看我笑笑。

我也笑笑，儿子还小，我没有考虑那么长远，我只是考虑到要让我眼前的每一天都过得有意义。

一个女人可以为家庭付出，但也不应是全部。此刻悠悠和我一样经历着高原反应的折磨，心里还承受着另一种压力。

我心平气和地安慰着她："南山队长不是一个普通的队长，但是他思考的也许太多了，我就是简单的一个人，咱们一起出来玩几天也是缘分，我也没有想得那么复杂。"

"我最担心的是现在我们的生命安全，我们会不会出事？悠悠，实在不行我们明天天亮就回去，这股难受劲儿真无法抵抗。"那也是我此刻最真实的想法。

"我觉得已经出来了，怎么能回去？我不能让南山小看我。"悠悠反过来安慰我。

"主要我们第一次见面很投缘，就说得多些。但是对我来说生命是第一位的，一切行走都是为生命服务的，什么面子都不重要，我现在脑袋像爆炸一样。"

此刻我头真的好疼。

"我从来没生过病，也没吃过药，南山说我可以的。"

这是个不眠之夜，不知道我和悠悠是如何煎熬到天亮的，有时睡着了，有时又醒了。有时听见她在叹息，有时她在辗转反侧。

我浑身出冷汗，反复头痛，我开始后悔自己的西行。

我的思想不停地斗争着，幼稚的是当时我不认为自己是"高反"，盲目自信地认为是脑供血不足，我把枕头拿掉，把头耷拉在床边上，依旧疼痛，竟然没有怀疑是高原缺氧。我后悔没有让老公一起来，否则可以听听他的建议，或者是跟他确认一下，我是不是颈椎病严重了，可是我这两年又很少出现颈椎的疼痛。

出发前我做过体检，肝胆脾肾心脏都没有任何问题。

血常规检查是有点贫血，白细胞、血小板稍微低于正常，但并无大碍。

忍耐，再忍耐。

坚持，再坚持。

南山和海子开了一天的车，早已经进入梦乡。

夜里两点钟的时候，我呼吸越来越困难，汗也越来越多，疼痛也越来越强烈。

悠悠也许已经入睡。

我抱住了脑袋，起来，躺下，反复折腾。

我刚刚睡着的时候，好像又梦到父亲。

我极力回忆着梦见父亲的细节，父亲的样子没有悲喜。

我问他：“还好吗？需要钱吗？”

父亲好像什么都没有说，就转身离开了。

去年三月份春暖花开，我开始准备写第二本书。

意外的事情却发生了，是巧合，还是命运的安排？

我刚刚带母亲把她的胃病看好。父亲说他的胸口很疼，疼得睡不好觉，他说让母亲在我这住下来吧，他要回家，家里的事情很多。

周五是市医院里的宋院长坐诊，我的病就是他给检查出来的，所以我对他比较信赖，无论大小毛病，我都去找他。

他给父亲做了几个检查，下午的时候结果就出来了。

他说真对不起，你父亲是肺癌，有可能已经扩散了。

又是一声晴天霹雳，父亲才六十七岁，这个意外让我们全家措手不及，这些年我为何如此地努力，就是因为自己经历过癌症的生死折磨。

还好，我不会再为父亲的治疗费用担忧了。

现在的我不是十年前的我，刚刚开始工作一无所有，还需要求助于社会。

过去的经历让我知道，靠自己才会有出路。

是的，我也不知道自己何时会倒下，不想成为家庭的累赘，我给自己存了些钱，都可以给父亲用。

宋院长告诉我，要到省城做个派特 CT 确定一下扩散的具体位置。如果确定扩散了，再多的钱也没有用了，还不如带着他过好最后的日子，不过像这种癌症，就是有个几百万元，也是个无底洞。

宋院长说得很有道理，晚期过度的化疗，只是会让人走得更快！

父亲被小弟接到苏州住院，无论怎么治疗，疼痛都越来越严重。

住院治疗的日子，父亲的疼痛从未减轻，医生的判断是晚期。

我怀着一丝侥幸，希望国外的靶向药能控制父亲的病情，即使一瓶药五万元我也丝毫没有犹豫。

父亲开始瘫痪，接着癌细胞进入大脑，逐渐失去了语言功能。

我没有想到父亲最大的痛苦就是身体上的疼痛，那天他含着眼泪只跟我说了一句话，他说，他已经好不了了。从此他没和我说过一句话。

母亲早已六神无主，她很担心父亲去世后她该如何生活。

但是她还是阻止我告诉父亲真实的病情。

父亲在疼痛中仍在埋怨："你们为何把我的病看得越来越严重？"

我和两个弟弟含着眼泪，无能为力。我的大弟媳妇，老家宿迁的，每天都守在父亲的身边，帮助父亲擦洗身体，吃药喂饭，没有想到她尽的是一个女儿的孝道，这让我心里很是感动。

父亲发了一次高烧，进入了昏迷期。

他已经不能说话，不能表达，闭上眼三天三夜滴水未进。

家里已经开始为他准备后事。

我在房屋的走廊下看着父亲消瘦的脸，用勺子给他喂水，看着他的眼泪顺着脸颊流了下来。

我呼喊着他，希望他睁开眼睛。我想我应该告诉他真实的病情，我不能让他带着遗憾，带着对子女的埋怨离开。

可是他再也不能说话。

我还是在哭泣中告诉他："老爸，你的病是肺癌，跟姑父是一样的病。"

我在跟他忏悔，这些年忙着工作，想着自己的病情，对他关心得太少。想一想春节回家的时候，他脸上露出的疲惫，我又说："你总为家里人忙前忙后。我就应该带着你去医院检查，可是你总说你身体很好，没事。"

我握住的父亲的手突然动了一下，我知道父亲听到了。

醒来后，半个月里，无论白天黑夜他始终是睁着眼睛的。父亲曾经说他还有很多的事情要做呢，可是他已经不能再安排什么事情。

父亲经历四个月的痛苦折磨，最终在初秋树叶凋零的时候离开了我们。

我知道父亲不想走，不想离开。

他走的时候眼睛一直睁着。

失去了父亲，我的心是如此的疼痛。

自从父亲生病，我几乎没有心情做任何工作。

我曾经认为值得我骄傲的工作业绩是我十年来最大的收获，也是别人眼里所谓的成功，这些年我经营的周刊和专题，从来没有失败过。

我所有的成绩换来的却是父亲的离开。

失去了父亲，我对这一切都无法燃起热情。

我不再认为自己的执着就是正确的，眼睁睁地看着亲人的离开却无能为力，我无法原谅自己的自私，当我明白工作不是全部的时候，可惜我再也看不到父亲的样子，再也听不到他在电话里跟我唠叨。

我只能跪在他的坟前，任眼泪落下。

非正常死亡是一件多么残酷的事情。

父亲的一生为人和善，对待子女也很是疼惜。母亲曾经说过，在我们很小的时候，父亲每个晚上都会给母亲、给我们念书。我很小的时候，父亲就带着我去看电影、看京剧、到书店借书。

我中学的时候，我们小镇图书馆里的书几乎被我借了一半。

我们家里，父亲性格和蔼可亲，母亲脾气暴躁，动不动就对我们拳打脚踢。

我的小侄子才刚刚三岁，他一直在问："为何人家都有爷爷？我的爷爷去哪了？我怎么见不到他了？"

我也在困惑，人死了，到底有没有灵魂？父亲还好吗？他到底去了哪里呢？我的心一直走不出失去父亲的阴影。

为何我们只能在梦里相见？

“刚刚我梦到父亲了。”我跟悠悠说道。

悠悠说：“听见你在说梦话。”

“是的，父亲说，他只能无家可归，母亲不让他回家，我在跟母亲吵架。”

我的第一次高原反应在痛苦和无知的过程中熬到天亮。

不到四点悠悠就起床了，我听到门的响声，她也许实在疼痛得无法忍受去找南山了。

我还在躺着，不能动，昏睡了一会儿，却很短暂。

我抱着脑袋，甚至希望奇迹出现。

此刻我想让南山带我去医院看看，不知附近有没有医院。

来时风也说过，实在坚持不住就坐飞机回来。

可是为何章小可他们能坚持呢？她们就不会难受吗？

微信里自己也发了行走川藏的照片。

难道就这样结束？

过了一会悠悠自己开门进来了，她从南山那里拿来了两种不同的药，悠悠说：“南山说这药好，疗效十分钟就见疗效，你也是高原反应。”

我坚持起床刷牙洗脸，吃药喝水。

悠悠吃了药，开始整理衣服，她提前吃好药下楼了。

五点半我准时到楼下时，南山和海子已经打开车门。

黄瓜夫妻还没到。

悠悠说："是否打电话催下？"

南山示意不要打，稍等片刻。

我是后来才知道我住宿的地方被称为高城理塘。

理塘，位于理塘河上游，海拔四千七百米，是川藏公路上的主要景点，也是川藏公路上海拔最高的地方。

理塘，仓央嘉措的出生地。

我竟然一无所知地在海拔这么高的地方住宿。

突然感觉自己很可笑，昨晚我还怀疑自己是颈椎病。

五点半天还没亮，我们准时从理塘出发到稻城。

理塘西城门

第二十六章

/ 遇见仓央嘉措

“今天夜里要赶到稻城，我们不走夜路，山里不安全。”凌晨六点出发时南山和大家交流着今天的目的地，“我要为大家的安全着想，所以今天在路上的时间要长些。”

“嗯，没问题。”大家齐声附和。

南山上车就坐在驾驶员座位，扣好安全带准备出发。

因为“高反”，我和悠悠听从南山的建议，坐在副驾驶的位置。

黄瓜夫妻调整了位置，他们和海子都坐在后面。

不知是“高反药”的作用，还是因为昨夜没有睡好，上了车我就闭上了眼睛迷迷糊糊地睡着了。

头渐渐不像昨晚那样疼痛，心情也变得轻松。

睡梦中，南山几次问我好些了吗。

“嗯，好多了。”我模糊中回答，然后就继续入睡了。

我是感觉头好了许多，但是浑身乏力，精神仍处于萎靡不振的状态。

我以为美好的心情能战胜一切，然而身体的不适并不受意志支配。

出世界高城往西，在318国道上，沿弯曲的无量河谷上行三十多公里，眼前便豁然开朗，一片辽阔的大草原显现在眼前，大毛垭草原到了。

我醒来时大家的心情都很激动。

湛蓝的晴空下，牛羊成群，绿草连天，盛开的野花姹紫嫣红。

发源于海子山的无量河从草原中部穿过，十数条大小支流在草原上流淌、注入干流，河两岸分布着无数沼泽湿地。

数十公里的青青草地，点缀着帐篷、毡房，成群的牛羊在悠

成群结队的野骆驼

闲地散步、吃着草，水獭、羚羊、青羊、黄鸭等野生动物混杂其中，牧民的炊烟袅袅直上与草地上升起的淡淡薄雾混在一起，犹如幻境。

向南望去，可以看见海拔五千多米的益母贡呷雪山，山顶的皑皑积雪在阳光下是那样冰清玉洁，包围着草原，滋养着草原的生命，中途我们两次下来拍照。

车继续在平坦的大道上西行，前方呈现出青山、雪峰、白云、蓝天。第一次亲近草原，草原脱俗而灵动，有一种立体多面的美，草原上风云变幻无穷，置身其中，有一种说不尽的感慨。

山外有山

站在草原上，我已经忘记昨夜痛苦不堪的记忆。

根据制订的行走计划，南山说中午在理塘的草原上吃午饭。

十二点钟海子准时把房车停在路旁。

下了车，南山和海子两个人把车里的帐篷支起，桌椅餐具摆起，悠悠帮助南山做饭，黄瓜夫妇去不远处拍照。

由于体力不支，我只能在附近走走，用手机拍拍近处的景色。

蓝天白云以及草原上那成群的牛群，尽收眼底。

脚下的草原还有些潮湿，那些五颜六色的花朵，每一朵都安静地绽放着，笑脸迎着阳光。

是的，谁也不会打扰到它们，该开花的时候就开花，该结果的时候就结果，有风的时候摇摆，无风的时候安静，秋天的时候叶落，到冬日的时候枯萎，而春天的时候又发芽。

而我们人类从出生走向死亡，又有谁会为死亡做准备呢？

南山喊我，同时也向不远处的黄瓜夫妇招手，提醒他们不要到有水的地方。

有些地方我们不熟悉还是不能过去的，听说草原上也有沼泽。

我转身看见身后318国道左侧不远处有一块高大的背景墙。

上面写着唯一的一句话：在理塘相遇仓央嘉措。

如此浪漫情境，蓝天为帐篷，毛垭大草原为绿色的地毯。

此处竟然遇到仓央嘉措，如果用仓央嘉措的一首《那一世》下酒，真是人间胜景，我笑笑，用手机给车里忙碌的南山悠悠夫妻俩拍照。

我转回了我们停车的地方，空气还有点冷，还是车里暖些。

“草原不能喝酒。”海子笑笑，“姐，仓央嘉措是谁呢？”

“海子哥，他是西藏的六世达赖活佛，也是位有情的诗人。”

黄瓜夫妻也走过来坐下。黄瓜的妻子CC接过了海子的问题。

世界高城理塘遇见仓央嘉措

我附和着点头，说得没错。

黄瓜夫妻两人精神一直都很好，在车上我和他们交流得不多。也只是吃饭的时候，互相打个招呼。

CC 说：“我昨晚做功课了，我们外地人只知道理塘是川藏线上的高城，但是却不知道这里是仓央嘉措的故乡。”

虽然我喜欢他的诗，但我也不知道这里就是仓央嘉措的家乡。

关于仓央嘉措，网上的故事版本很多。

三岁那年，他被定为五世达赖喇嘛的转世灵童，冥冥之中他的命运已经不在自己手中。十四岁就离开了家乡，离开了青梅竹马的仁增旺姆到了布达拉宫，十八岁正式成为六世活佛。

仓央嘉措很有文采，也是个多情的男子，可惜造化把他卷入了政治斗争。

他的一生颇具传奇色彩，他的诗歌在藏区被人广为流传。

在草原上吃饭，是多么浪漫的一件事！

开饭了

大家坐好，享受着南山夫妻亲手烹制的美味，而我只能吃些白粥和咸菜。

中午吃好饭后，我们继续开车向稻城前行，南山和悠悠坐在后面休息，黄瓜夫妻坐在前排副驾驶的位置。

我在睡梦中醒来时，心细的南山递来一个苹果，味道极好，算是我一天的美味佳肴，也补充了我的能量。

我由衷地赞他一句："谢谢帅哥。"

悠悠朝我做了个鬼脸。

"你看我干吗呢，队长不帅你能看上他吗？"

"哈哈！"我这么一说南山和海子又笑起来了。

"哈哈！"黄瓜夫妻也笑起来。

"在此处开车也是一种精神上的享受。"南山说。

我和悠悠又交换了位置，前天还在翻山越岭，从低谷爬到山峰，今天又从山顶穿越到低谷。

今天遇到平坦大道心里却是另一种享受。

"刀郎的情歌是南山的最爱。"悠悠说。

南山和海子此刻都是无比放松。

我的心情又好起来，忘记了自己是谁，忘记了魔鬼"高反"，忘记了自己在夜里信誓旦旦地说要回去，像做梦一样，融入自然，其乐无穷。

湛蓝的天空下有一条光明平坦的大道，路两旁是绿色的大草原，远处无数的牛群在草原上埋头吃草，藏民特色的民居在眼前闪现，转身已经很遥远，大自然的奇迹不断冲击着我们的认知。

读万卷书，不如行万里路。

随处的美景也是川藏线上令人振奋的养料。

你看高墙上面也在宣传：我们缺氧不缺精神。

我问海子：“兄弟，我们此行要有一万里路吧？”

海子计算一下：“回来走青藏路，一共要有一万里多呢。”

今天下午三点多到达高城理塘的东门时，阳光无比刺眼，温度升高。

大家脱掉外套。

我们下车拍摄时，我精神也不错，我们在此也只做简短的停留。

到达高城理塘的西门时，温度陡然升高。

海子问是否停下拍照，黄瓜夫妻说拍一张。

我本不想下车，可是胃里一阵翻滚，我赶紧跑到不远处的草地，吐个精光。

悠悠给我送了杯水漱口，我抹去了泪和鼻涕。

一抬头便看见不远处一个年纪大的藏民坐在草地上吸烟，身边是几只黑色的牦牛低头吃草，一群黄褐色的羊群也在白云下悠然自得。

我起身站起来，风好大，阳光强烈，一群好奇的孩子向我们的车靠近。

“昨天我还暗暗地笑你呢，今天是我表演了。”我跟悠悠自嘲着。

“要有一个过程。”南山微微一笑。

这几天和悠悠真是同病相怜。

“草原上的孩子也很苦呢。”黄瓜和悠悠异口同声。

一个脸黑黑的男孩拉着一个小姑娘看着大家。

黄瓜把好吃的零食分给他们。

我也把南山昨天给我的萨其马递给了那个女孩。

那一刻我觉得我的思维被冻住一般，我不想说话。

胃里是感觉好些了，但好像身体的一切都不是自己的，情绪、味蕾，都无法掌控。

上了车我又一次跟大家忏悔，昨天悠悠呕吐的时候，我还暗暗地笑她这么快就“高反”了，现在轮到我了。

“没事，过两天就好了，需要适应。”南山还是镇静地安慰。

“这里海拔有多高呢?”

“有三千多米吧。”

“队长我戴着眼镜呢，我能看到路边的海拔标识，不止吧？你就骗吧，昨天已经受骗了。”

哈哈，车里又欢笑起来。

“姐，队长是怕你担惊受怕。”海子说。

“我心理素质好着呢！不过昨晚头疼了一个晚上，我竟然傻乎乎地不知道是‘高反’，有时无知才能无畏。”

傍晚住进了稻城，心里不免有所放松。

南山把客栈的钥匙给了我和悠悠。

海子帮助我们把行李提进稻城民居客栈的房间。

在车里坐一天会很累，进了房间，我和悠悠就躺在床上休息。

海子把我们六个人拉进了一个微信群。

我看到群里的通知，休息半小时后准备去稻城的街上吃饭。

对于白天行走的我们，中午有时在翻越山头、草原，很难找到路边的饭店，所以晚餐对于大家来说特别重要。

坐着看他们吃饭我内心也十分煎熬。

闻着油烟的味道胃里就想吐，实在没有任何食欲。

我的牙也开始疼痛，青菜进入嘴里就疼得要命。

昨夜在理塘已经领教过“高反”的魔力，我觉得我已经够坚强了。

明天要去亚丁了，亚丁对我的吸引力战胜了“高反”的难受。

南山说：“悠悠你吃好了吗？吃好了可以先陪着华悦老师回去休息。”

我跟南山说：“真抱歉，我真的控制不住自己了。”

我好想开心起来，但是确实心里不舒服，没有力气，感觉呼吸也不畅，不过饭钱照付，我们吃饭是 AA 制。

南山默默地看了我一眼笑笑，算是鼓励。

悠悠重复着南山的一句话：“没事，需要一个过程，慢慢地过两天就会好了。”

“还有晚上好好休息，多喝水，药继续服用。”南山叮嘱。

今晚悠悠已经开始吃饭，两天来，她“高反”来得快去得也快。

亚丁是张嘉佳的电影《从你的全世界路过》的摄影地。

被称之为蓝色星球上最后一片净土，最后的香格里拉。

亚丁自然保护区是稻城的中心景区，由于其交通不便利，所以也是国内游客足迹最少的景区之一，但因为张嘉佳的电影也火了。

“张嘉佳是谁?”悠悠问。

“张嘉佳是南京一个作家，曾做过《非诚勿扰》栏目的嘉宾，我就是通过《非诚勿扰》的栏目先认识他本人，后来才关注他的作品。”

“唉，我就是一家庭主妇，没文化，什么都不知道，你看一路也不敢说，也不敢问。”悠悠叹了一声。

“悠悠姐你上网搜索就会出来的。”我提醒她。

一天的疲惫袭来，浑身竟然有说不出的疼痛。

第二十七章

/ 失望的稻城

二〇一七年六月十三日早晨六点，天还没有亮，又过了一个难眠之夜。

我还躺在稻城的客栈里没有起床，打开手机看到章小可的留言。

“一路还好吗？我手机关闭了一段时间，怎么样，‘高反’严重吗？走时给你的红景天还在喝吗?”

我回复：“‘高反’很严重，后脑疼痛，不想吃饭，红景天没喝。”

什么东西也吃不下去，吃下的格列卫药也吐了，两天都没吃药了。

章小可回复微信："多吃点饭，药在饭中间吃。"

这是我和病友章小可之间的秘密。

药，也是我们两人知道的秘密，我们服用的药不是治疗"高反"的药，而是我们必须服用的格列卫，长期控制我们病情的药。我们都知道此药是不能停的，停下的后果只有我们自己知道。

我给章小可留言："看看今天晚上再说吧，今天早晨也是没胃口，昨晚也没吃，胃不舒服，胀气胀得很厉害。"

章小可回复："进入高原都有这种反应，慢慢适应，头晕坐在车里的前排，自己去买点零食带着，加油！一定坚持走完！"

"好的，再坚持一下，走走看。"我回答小可。并没有完全肯定一定要走完。未来对我也是未知，如果继续不能吃饭、"高反"严重，我要考虑退出。

钱可以照付给南山，但是绝不会拿自己的生命开玩笑。

来时做过检查，身体指标都还在安全的范围内。

今天集合的时间有点晚，因为我们住在稻城，离亚丁的距离很近。

我们团队七点半就开车离开了客栈，去稻城的街上吃早餐。

清晨稻城有点冷，街道上来往的人不是很多。

稻城，我来了

我打量着眼前的县城，其实它是很普通的一个小县城，也就两条街道，街上一半的商家还没有开门，只有那些小吃铺门口摆满了茶叶蛋，在“咕嘟咕嘟”地冒着热气。

来往的人也不多，停在饭店门前的车大多是外地车牌，自驾游居多。

还有几个穿着藏族服饰的老人在街头手提着热水瓶慢慢前行。

“以前这里萧条，也就是在这里拍过电影以后，人气开始旺盛。”

在街道上吃早餐的时候，饭店的老板带着四川口音向我们介绍说。

“这里海拔高，天气也是早晚都冷，中午热点儿。我们也是从成都过来的。”

南山队长每到一处都喜欢跟老板交流生意经验和家长里短。

悠悠说：“其实南山平时不喜欢和人说话，也没有闲话，怎么一路都是他在讲话？”

“不是闲话，你看你老公每到一处客栈，就打听当地的房租是多少，你老公是个精明的生意人。”

我和悠悠要的是酸菜面，想喝汤开开胃。

南山他们是鸡蛋面、肉丝面。

吃过早餐也就八点左右，南山开车锁定去往亚丁方向的导航。

我们上午十点左右到达了亚丁景区。

海子去买了票，每张两百元，还要买两张上山坐缆车的票。

黄瓜夫妻决定步行，海子和南山也决定步行，而我执意要坐缆车上山。

验票进去，还要坐一个小时景区的车才能到达亚丁。

然而就是上山的这一个小时，就把大家转得晕头转向。

我和悠悠抱着氧气瓶坐上了缆车，半个小时到了亚丁的主要景区。

下了车，山里的风大，空气稀薄，而且有些阴冷。

我的嘴巴干裂得厉害，用舌头越舔越是干燥，后悔为什么没有带一个口罩。

今天早上我和悠悠分别都吃了“高反”的药，头痛减轻，就是浑身乏力。

这里的风景和香格里拉的普达措公园很相近！

但是普达措的公园比这里美！这就是一个山沟，前面是一座雪山，山下溪水潺潺，一路我们看过不少雪山、草原，所以不足以让我们觉得震撼。“我没有去过那里，我不知道。”悠悠说。

我说：“你老公去过云南，应该知道。”

天气阴沉，风“呼呼”地好大，拍出的照片多少有些阴暗。

我和悠悠就在山脚下转悠，走走歇歇。

不久悠悠接到南山的电话，南山和海子走到半路已经回去了。

“那我们也回去吧，虽然有几处风景，还有什么牛奶湖，但是我们呼吸都困难，更不用说爬山了。”

我已经开始吸氧。

亚丁山下一朵花

我和悠悠坐着缆车回去了，悠悠感叹：“今天我们要不是坐缆车到这里，估计我们也回不去了。”

我自知体力不行，乏力地一笑。

下了缆车，南山和海子在等我们了。

然而下山的时候也是我们精神最困乏的时候。

亚丁的大巴车简直就是神速，根本无法休息，在大山里每过一个转弯，我们就被甩得头昏脑涨，我的眼泪都被他们给甩出来了。

下了山，太阳也出来了，远处的亚丁雪山光芒万丈，我和悠悠已经体力不支。

“下面的风景怎么样嘛？”南山给我们撑起了伞。
“不怎么样，就是个传说。”我有点失望。
南山说黄瓜夫妻也是走了几步就退回来了，坐缆车上去了。
黄瓜夫妻还没到，等待的时间，南山开始准备午餐。

当天晚上我们又返回稻城休息，换了另一家客栈。
客栈的老板夫妻是山东人，五十多岁，儿子喜欢旅游，看好这里的发展就在这里租下了民房，改造成客栈，投资了近两百万元，租了十年，然后房东不要房租，走时直接就给他们了。
老板娘叹气：“儿子在哪里，我们也只有跟着去哪里，还是我们那里好，吃的用的都方便，这里什么东西都不长，氧气不足！”

客栈的男老板饶有兴致地参观南山的房车。
无意中听到，亚丁的大巴司机工资跟上山的次数挂钩。

其实一路上山亚丁的风景还是不错的。

可司机想的只是一趟能赚多少钱。

后来我们到达了拉萨，每个人一提起稻城亚丁，就会说遗憾，不来遗憾，来了更遗憾。

是花钱最多而且风景最差的一个地方。

南山说："我也是第一次到亚丁，也是看到最近的户外团队都往这里跑。可能秋天的风景会更好吧，今天的天气也不是太好。"

章小可一直在微信里说上次没来这里很是遗憾，她准备秋天过来呢。

南山说："建议你的朋友最好不要再来稻城。"

嗯，人是就有这个毛病，没来之前总是期待，来了就后悔，走过来几天了，一路尽是风景，我也看不出稻城好在哪里。

我说："章小可决定的事情肯定不会变。"

我觉得，我能理解其实作为队长也不容易，大家来自天南海北，个性各有不同，又互不了解，旅行的过程也是一个磨合的过程，只有互相包容，才能有一个开心的旅程。

南山说他带队，从不希望带那些没有文化的人，没有工作的人时间观念不强，出来我们的时间观念必须要强。

还有的人在单位是领导，在队伍里就高高在上，看不起别的队友，所以带队，特别是我们这样的车队，不是所有的人都能走到一起，有的半途就离队了。

出去玩，就是要放下身份，融入自然，做一个平常的人。

旅行也是一场修行。

“除了‘高反’让我难受，没有什么不开心的。”我跟南山开玩笑，“谁敢得罪你南山和海子？反正我不敢。”

“为什么？”南山问，“你怎么不敢？”

“我知道这一路我的小命都掌握在你和海子的方向盘里。”

“姐说得很有道理。”黄瓜夫妻一致认可。

每到一处，南山都会征求我的意见吃些什么，我都是摇头。

“吃住我都没有任何意见，我也没有行走川藏的经验，我信赖队长，所以我也不会操那么多心，这几天胃口不好，你们想吃什么就吃什么，队长做决定的时候，也不用再征求我的意见。”

“好的，遵命。”南山说。

南山给我们拿了葡萄糖喝，带着丝丝甜意，感觉极好。

又在稻城度过一个难忘的“高反”夜晚，这个晚上我和悠悠仍然没有吃饭，嘴巴干裂得掉了一层皮，夜里耳鸣也很严重，后脑继续疼痛，还是无法安然入睡。

明天回去吧，如果方便。

听说这里有飞机场，我又一次犹豫着，想放弃。

可是今日稻城的微信也发出去了，朋友们到时怎么看我？

芒康地界

第二十八章

/ 夜宿芒康县

二〇一七年六月十三日早晨我们离开稻城。

走完四川境内最后一个大镇巴塘，由此西行过金沙江大桥，便进入西藏境内。

我们当晚夜宿芒康。

芒康是入藏后的第一个县城，地处三江流域峡谷区，境内群山起伏，地形复杂，峡谷很多。

然后又翻越脚巴山后即到达邦达，藏线分为南线和北线，南山说我们从南线进入拉萨。

在南线上，我们看到成群结队的猴子在路边上窜下跳，它们拖家带口地群居在一起，很是壮观。

悠悠还走下来拍照留念。

继续前行，温度继续升高，路边偶尔也会出现惨不忍睹的画面，一个小猴子被车轧的血肉模糊。

山里还有蜥蜴的王国，一处石山上到处都是蜥蜴，很多车停下来观看。每一种动物都有一个适合自己生存的环境。

傍晚五点左右我们到达芒康的一家路边客栈。

南山和老板很熟悉，我们的房间早就预留好了。

我和悠悠喘着气爬到三楼，每爬一层楼就休息几分钟。

悠悠说："不知这里海拔有多少，怎么感觉还是没有力气呢?"

我说："不知道，反正我们不能像以前那样激动了，要少动多休息。"

房间里很是干净，窗外的阳光也很明媚，风有些凉爽。

悠悠开始把两天积攒的衣服洗干净。

我也是，考虑到箱子很大，大家都很累，也不再想麻烦南山，所以只提几件换洗的衣服住店。

悠悠洗衣服的时候，我躺在床上打开手机浏览朋友圈，又看到章小可鼓励我的留言：

“相信自己的潜能，人的适应能力是无限的！

我们每个人都会有个适应的过程。

走过来，会让你对生命和人生有个更深层次的认识。

我们并不是可怜的人，一切皆有可能。”

我回复章小可：“早知如此真的不来了，你才是我的榜样。佩服你，五体投地！还在‘高反’中，我继续加油！”

记得今天早晨出发比昨天早些，西行的路看起来还是不错。

路过亚丁机场，看看路标只有五十公里。

我真的想跟南山请示，把我送到机场吧，我坚持不下去了。

我实在无法抗拒这严重的“高反”，今天是第三天了，我的胃还是不能吃任何东西，这是我第三次想要放弃西行。

我不能把命丢在路上。

但是我犹豫了一下，并没有开口。

有人说人的命天注定，天要亡你，你是逃不了的。

何况南山和悠悠对我很是照顾。

我的内衣几次都是悠悠帮助我手洗的，这几天虽然和悠悠没什么沟通，但是她心地还是善良。

“下面的海拔是多少?”我弱弱地问南山，本想让南山送我去机场，但说出的话自己都不敢相信。

“不多，三千米左右。”他笑笑停顿了一下，态度仍是镇定。

“后天住在八宿，海拔只在两千多米。

鲁朗小镇也是这条线上的仙境，两天后到达。

现在那里油菜花正在盛开，习主席也在那里住宿过，他们那里的石锅鸡很有名气，等到了鲁朗请你吃鲁朗的石锅鸡。”

“我不吃鸡，我想看看油菜花，我喜欢花。”

“嗯，”我摇摇头，“不知道我否能顺利到达拉萨?”

“我们一定能顺利到达拉萨，我们现在已经进入西藏了。你已经成功了一半。”

“谢谢队长鼓励!”我打了个哈欠，“高反”真的无法抗拒。

我还是头昏，上车就想睡觉，回去的希望已经破灭，转过身，我发现通往亚丁机场的路已经无法再回去了。

我只是用睡觉来逃避“高反”的折磨。

有好多地方，每次停车，他们下去拍照，我在睡觉。

苹果和黄瓜是这三天的主要食物。

夜宿芒康也是一个被高原反应折磨的不眠之夜。

头痛难耐，身体也很虚弱。

放弃还是继续？每个黑夜降临时，想到的都是天亮赶紧回去，

一旦上路就忘记了昨夜的决定。

转身就被无数未知的景色吸引。

痛并且快乐着，是西行路上的磨砺！

第二十九章

/ 神奇的天路

我仿佛和死神再一次握手了。

这是我行走在川藏公路上最难忘的一天。

确切地说这是我高原反应的第四天，行走川藏线的第七天，也是高原反应最严重的一天。

悠悠的高原反应来得早走得早，她已基本恢复正常。

而我还在水深火热之中，身体、精神都陷入了从未有过的低潮。

早晨出发，我几乎不想说话，整个人昏昏欲睡。

我隐约听到南山和黄瓜夫妻交流今天的行程安排。

我只是记住出发点是芒康，傍晚到达八宿休息。

“上午怎么走，南山哥?”黄瓜声音很大。可能是担心我正在休息，南山声音很小，也可能是担心海拔的增高会增大我的压力。

“我们翻越海拔四千多米的拉乌山后，过澜沧江大桥，再翻越觉巴山和海拔五千多米的东达山，中午在左贡县城吃饭。”

“那下午呢?”黄瓜的声音也小了下来。

“下午翻越业拉山，海拔也在四千六百米，之后就可以看到川藏线上闻名的‘天路七十二拐’。”

川藏公路此段路呈“之”形曲折盘旋，共计七十二个拐弯，也是川藏公路上拐弯最多的一段路。

“天路七十二拐”并不是什么景点，但是，几乎所有第一次路过此地的人，都会稍做停留。

这一路黄瓜夫妻是最勤奋的，订酒店，找餐馆，每到一个地方都用手机上网做功课。

他老婆 CC 只是偶尔不适，并没大碍，我们交流不多。

黄瓜介绍每个地方几乎都很认真详细。

我在朦胧中也听得很是清晰。

翻越五千零八米东达山垭口

318 川藏公路天路七十二拐

“天路七十二拐”长约十二公里。

从最低点海拔三千一百米，一路攀升到最高点业拉山口海拔四千六百五十一米，再盘旋下降至邦达镇海拔四千一百米，到怒江大桥时继续下降至海拔三千一百多米。这就是川藏线的魅力。

南山介绍说这是川藏南线必经之路，对许多骑手或车手来说，正是因为它的险，它才更有挑战价值。

每年从这路过的行人，无不对这条路充满赞叹。

沿途雪山、原始森林、田园风光相互辉映。

“大家切记过怒江大桥时，千万不要拍照，这是我们的军事要塞。”

“不要拍照，这个我懂的。”悠悠附和着说。

进藏开始，就看到好多兵站，好多路口都有检查。

有时我也会睁开眼睛看看前方的风景，我也不知自己身在何处。

西行每一天都有震撼，路过金沙江，一路可以看到几处山体滑坡，路上的工人正在抢修，清除山上滑下的石头。

山上悬崖陡峭，怪石林立，山下水流湍急，向东南奔腾而去。

今夜凌晨四点还在芒康的时候，头又一次出现剧烈的疼痛，依然是后脑。

疼痛的确能使人精神崩溃，没有人比我更珍惜生命的来之不易。

可是眼前到处都是深山峡谷，有时半天连个村子也见不到。

还下着小雨，我们还在山路上盘旋。

远远地看见雨中有一个小姑娘，南山还让海子给她送了把伞。

我们向她问路，因为导航也会有失误。

有的新路已经畅通，导航仍然在走老路，还是南山经验丰富，在车行走了一个小时的时候，迅速判断路线错误，然后直接下山，回到芒康的县城，重新出发。

我们在雨中也胆战心惊，老路的确危险重重，人烟稀少。路上来往的车辆很少，下来时也遇到几辆车继续上行，南山都把他们拦了回去。

做了好事大家都很开心。

我也在兜兜转转中忘记了“高反”。

唯一值得庆幸的就是早晨我可以进食了。

这说明我正在好转，既然可以吃饭，那么我的药也就可以正常吃了，所以我改变了中午吃药的习惯，中午因为我们大多在路上，我换成晚上吃，吃好了就睡觉，除了不能多喝水排毒，也没别的缺点了。上午在车里几乎都在昏昏欲睡。

车爬行到“天路七十二拐”时，已经是午后了。

观景台处停留的车不少，一个藏民还伸手向大家要钱，每人十元。

海子说以前这里是不收钱的。

南山说：“给他吧。”

海子既是我们的司机，又是我们的管家，每天大家吃住花费多少，海子都会算好，然后我们再微信转账给他。

南山留出十分钟的时间，给大家停留此处拍照。

眼前山路蜿蜒，下面的车就像虫子在爬行。

有无数个拐弯在阳光下就像一条飘扬的黄色的彩带，勾勒出一幅“Z”字形油画。

我也下了车，精神也随之一振，和悠悠合影拍照。

这些天我很少自拍，有些地方我根本不下车，我也不想看到自己肿胀的眼睛。

十分钟后大家上车，车开始往下前行，我坐在了前排。

前方很美

刚上车坐稳，突然，耳朵一阵轰鸣，我好像连自己的声音都听不见了，后脑又一次剧烈地疼痛，呼吸也变得困难。

完了！怎么这么严重，比早晨更严重！

氧气！氧气！

我向南山求救，南山迅速从车子后面递来氧气瓶，打开塞子。

我使劲地呼吸。

害怕也没用，我鼓励自己，来时已经做过体检，心脏没有任何问题，肝胆脾肾也查了一遍。

只是有点贫血，贫血会出问题吗？我网上查过有血液病的人不能去西藏！

悠悠还在跟我说话，我好像也听不清楚她说什么。

“不要跟我讲话。”我突然心情烦躁想对她发火。

呼吸，深呼吸。

我抱住了头，后脑要疼痛得爆炸了，我真是出门找罪受，这简直是拿自己的生命在冒险，我的心也在自责。

“药。”南山迅速地递来治疗高原反应的药物和水。

“很快就到达山底了，坚持一会儿，到山底就好了。”

突然电话响起，是皮皮：“妈妈你在哪里？”

我弱弱地说：“妈妈有高原反应，下车再给你回话。”

“妈妈你没问题吧，妈妈是最棒的，忍耐坚持!”皮皮鼓励着我，还没说完我就挂断了他的电话。

“山下海拔才两千多米，我们住宿的地方。”海子开车的时候一般从不讲话，他是专业的驾驶员，他肩负着大家的生命安全。

我又拿起氧气瓶吸了几口。

我又想起那句话：听天由命，成败在天。

心里默念六字真言。

想起我在天堂的父亲，他是否在看着我？保护我？

其实我十年的癌症人生没有白活。

我经历了从生命的低谷走向高峰。

我收获了事业上的成果和幸福的家庭。

我一路看到多少风景!

如果能活着到拉萨，我就会跟南山聊聊自己的故事。

南山夫妻对我这么坦诚。

车开到半山突然减速了。

“华悦姐，你看前面这个人!”海子说着的时候，车子靠着山边徐徐前行。

独脚行者

我睁开眼睛，被眼前的画面惊呆了。

一个残疾人，只有一条腿，身后的背包上写着“不搭车”。

背着厚厚的行李，拄着拐杖一步一步地往前走。

“停这里拍照。”我突然也忘记了疼痛，迅速做出决定。

在媒体工作这些年，我能感觉出这是一个有故事的人。

我们算起来也西行了一周的时间，风雨中遇到徒步的、骑行的倒是不少，而残疾人走川藏线却是我看到的头一个。

我的心被震撼，这是一种什么意志？

大家都下来了，南山和这位西行者打了个招呼。

海子在南山的授意下从包里掏出零钱塞进他的手里。

这位西行者是位健壮的小伙子，个子很高，皮肤黝黑，有一口雪白的牙齿。

“她写过书，还是位作家呢！她想和你合影。”南山总是能找到借口。

我走过去，首先和小伙子合影，南山拍照。

靠近他的时候，我能闻到他身上散发出的汗味。

“兄弟，走了多少天了？从哪里过来的？”

行者英雄

“二十多天了，从成都过来的。”他的眼睛很小，笑眯眯地说。他的笑很阳光，在他的脸上我看不到半点自卑和哀伤。

如果有足够的时间，我一定采访他，至少他的故事应该会对皮皮有启发。皮皮是我的儿子，他正在读大学。途中他打过我两次电话，他说有想去当兵的想法。

“你很棒，向你致敬！”我握着他的手：“你是我的榜样！”

接着大家都要和他合影留念。

后面的车跟了上来，在我们的前面停了下来。

南山说：“我们赶紧走吧，这里山路狭窄不能堵车。”

上了车，我平静下来，思想发生了很大的转变。

我忘记了几分钟前我还经历着要死要活的高原反应。

我还信誓旦旦地要回去。

“南山，我要坚持下去！这个小伙子感动我了。”

我所有的高原反应竟然转眼间消失，头也不疼了。

天啊，真是神奇！

海子说：“祝贺姐姐，你的高原反应过去了。”

大家又聊起了刚才的小伙子。

精神和楷模的力量是这样神奇。

从此我严重的高原反应再没严重起来。

车缓缓下山，我没有任何睡意，就像换了一个人似的，情绪也高涨起来。

山脚下风景和上山的崎岖对比，简直成了奇观。

路口堆积的玛尼石，泛着金光的转经筒，飘扬的五彩经幡，田间的油菜花，绿油油的青稞好像绿色的地毯。

村舍里，大路上，成群结队的牛、羊、猪在悠闲地散步。

只有一只狗在路边啃着来往车辆扔下的残羹。

藏民的房前那白色的梨花正在绽放。

归

手拿转经筒的老人对我们笑着，露出残缺的牙齿。

几个藏族的孩子也在路边向我们招手。

我也把手伸出车外，向他们挥手致意。

海子开始减速，大路两旁的柳树低头垂目，随风摇曳。

“山上和山下的差距真大。”海子也长舒一口气。

悠悠问他：“有什么差距?”

“在山上的时候，车都出现高原反应了，鸣笛时声音都沙哑。”

“在山下，你听这声音多亮。开起来也轻松!”

“车跟人一样也会缺氧?”黄瓜也在发表自己的意见。

“估计是这样的。”南山也笑笑说，“海子开车有经验，我也感觉在海拔高的地方开车，喇叭的声音很低沉。”

我坐在车里没有感觉到车的变化，所以无法发表自己的见解。

我只是觉得这一天过得特快，像做梦似的。

在这一天，我好像死后重生了。

山上沧桑荒芜，远处雪山耀眼，空气寒冷稀薄。

山下绿意盎然，春暖花开，溪水清清，野花无声地绽放。

南山说，前面会越来越美!

“刚才看你的样子真有点害怕!”悠悠小声地说。

黄瓜夫妻帮我倒了一杯水，关心地问："没事了吗？"

"谢谢大家，只是嘴巴还有些干燥，没事了。"

"没事了我们就放心了。"南山也是如释重负。

我感觉到从未有过的快乐，我好像又一次体验到生命从黑暗走到黎明。

黄昏到了八宿的县城，八宿的海拔只有两千多米。

我身体的"高反"警报已经解除。

晚上聚餐的时候，大家去吃云南排骨鸡。

我开始大口大口地吃青菜，这也算是奇迹。

"八宿的平均海拔也就是两千多米"，海子说。

在客栈里我几天来第一次洗头、洗澡，第一次睡了一个安稳觉。

是的，走到今天，一连多日浮躁的心绪终于回归平静。

路上看到的人也越来越多，他们有的骑着摩托车去拉萨朝圣，还有的磕着长头步行去拉萨，虽然他们身上都是泥土，但是看看他们阳光下那坚毅、和善的目光，我被他们吸引住了。

是的，我想问问，问问他们如何走过这漫漫长路。

这也许就是信仰的力量。

这也许就是一种修行。

今天的经历让我再次懂得，无论什么路，只要坚持，只要走下去都会有收获。

无论经历再多的磨难，回过头来想想，都感慨万分。

我本行者。

我本行者

第三十章

/ 鲁朗的春天

高原反应远离了我，我的心情放松了许多。

“感谢队长的关心！”我一直想对南山说声谢谢。

可是这声感谢还是一直埋在心底。

南山的情绪也不错。

他眉飞色舞地对我们说，鲁朗小镇是“叫人不想家”的地方。

与向西六十二公里的林芝仅一山之隔。

色季拉山，由海拔两千四百米直升至五千三百米左右，正是

“一山有四季，十里不同天。”

身处色季拉山的怀抱，不仅可以领略鲁朗林海的浩瀚壮阔，还可以在山顶上遥望恬静的南迦巴瓦女神的轮廓，这也是无数驴友为之沉醉的画面。

最开心的是今晚可以吃到有名的鲁朗石锅鸡了。

最美的时光在路上。

二〇一七年六月十五日清晨六点半，我们从八宿出发去鲁朗小镇。

海子说估计要十二个小时左右才能到达鲁朗。

今天的路程对海子和南山来说，也是一个考验。

途中的景区有然乌湖、米堆冰川、通麦天险等。

“八宿”藏语意为“勇士山脚下”的村庄，当地特产有花椒和核桃。

出八宿后翻越安久拉山（海拔四千米以上），中午就抵达然乌湖。

我期待的然乌湖应该是蓝天白云下湖面映着雪山倒影。

天公不作美，出来时小雨霏霏，到了然乌湖还是乌云密布。

然乌湖是帕隆藏布江之源，湖的周围是茂密的森林、晶莹的冰川、皑皑的白雪，被称为西藏的瑞士。

虽然下着小雨，天空阴沉沉的，但碧蓝的湖水、白雪皑皑的雪峰，景色看起来还是如诗如画。

表演

“看看这雪山，这里比稻城美多啦！”

“是的，这一路哪里都比稻城美！”

“关键是这么漂亮的风景还不收费！”

每到一处我们都会不约而同地提到稻城亚丁。

稻城亚丁成了我们一路上调侃的对象。

中午在然乌湖房车基地吃饭，因为此处的基地正在建设当中，饭店还没有开业，所以悠悠和南山在车里做饭，海子搭起帐篷。

因为不熟悉车里的配置，我和黄瓜夫妇在湖边闲逛拍照。

用面包和少数民族的朋友换奶茶喝

吃过午饭后，沿着 318 国道继续西行。

沿途森林葱郁，溪水潺潺，雪山、湖泊、森林交相辉映，农田里青稞、油菜长势喜人，薄雾笼罩的山村，简直是川藏公路上最美的景色。

波密县的景点有岗乡自然保护区、卡钦冰川、米堆冰川等，其中卡钦冰川是我国最大的海洋性冰川之一。

米堆冰川也是驴友最难忘的地方之一。

我们离开川藏公路，过了新建的横跨额公藏布江的公路桥。

只看见一条两面均是悬崖峭壁的峡谷，沿着小河修建的村道仅能通过一辆车。

再走几公里后，眼前突然出现大片宽阔的谷地，远处两条壮观的冰瀑布挂在雪峰与森林之间……

阵阵寒风让人感到一阵晕眩，在强烈的阳光下，还是让人冷得发抖。

我们又返回到 318 川藏公路，西行的公路也越来越好走。

由波密一路向西，我们在原始森林中穿行，向川藏线上最后的天险通麦进发。

南山和海子两个人替换开车。

通麦附近遍布雪山河流，沿线的山体较为疏松，如果遇到冰雪消融极易发生泥石流和塌方，故被称为“死亡路段”。“途经此地不宜停留。”南山说。

山坡上到处是残雪，杜鹃花却正在开放，爱花的我好想停下来拍照，可是既然此处危险，那也只能在车里用手机胡乱拍下，不敢轻易提出停车的要求。

西行到色季拉山后，车停了下来，空气很冷，风也刺骨。

大家一边拍照，一边和路边的色季拉山标记合影留念。

不远处我看到有不少人爬上了雪山，还有不少拉萨过来的旅游团队。

就快到拉萨了。

可是我不敢，也不想再过多的活动。

我想去寻找那满山的杜鹃花，可惜，已经离我们太远。

杜鹃花海也是林芝著名景观。

每年四月中旬到六月初，这里是杜鹃花的海洋，各色杜鹃尽情绽放，一片鸟语花香，真是神仙居住的地方。

我们来得正是时候！

一天经历四个季节真的不是夸张，爬不完的山，蹚不完的河，几乎所有的天险都集中这一段路，厚的棉衣就放在身边，脱了穿，穿了脱。

从色季拉山下来，我一直对没有拍到杜鹃花感到遗憾。继续前行，不觉眼前一亮，夕阳穿过森林，我们看到的村庄越来越多，薄雾笼罩，金黄色的油菜花布满山间。

这让我想到我们安徽的黄山。

墨绿色的原始森林携带着一股清新的空气，好像是我们安徽省皖南的春色。

“这里不会缺氧的!”我打开了车窗。

“范姐好像真的好了，没有‘高反’了！色季拉山可是海拔接近五千米呢。”

“没有这么高吧?”南山打断了黄瓜的话。

“有的，在色季拉山山口和黄瓜、CC 拍照的时候，我看到海拔标记了。”我知道南山是怕我有压力。

南山不好意思地笑了：“一路我都不敢轻易跟你提海拔多少，就是怕你心里有压力，不是故意骗你的。”

“谢谢南山，头还是偶尔有点疼，只是疼得没有昨天那么剧烈了，在我的承受范围内。”

“我也是偶尔有些难受。”悠悠说出自己的感受。

“看这么多植物，氧气一定充足，大家赶紧多吸几口！”

“好的，哈哈！”我们车内充满了欢声笑语。

傍晚时分我们到了鲁朗小镇。

“只是这里很少能看到太阳。”南山说。

村长家院子里长满了黄色小花，就像金黄色的地毯。

南山说：“今晚就住在村长家里了！”

黄瓜的老婆 CC 在网上查阅鲁朗的石锅鸡哪家好吃。

村长不在家，去县城开会，他的老婆看着我们只是笑。

她家里正在安装大门，她领着我们从邻居的院子走到她家院子。

她的小儿子一副调皮捣蛋的样子，拿着个奶瓶跳着、唱着。

这是我第一次住在藏民的家庭旅馆里，虽然是公共浴池、公共卫生间，但是房间一层至二层随便我们挑。

村庄周围的风景极好，村庄后面就是南迦巴瓦雪山，有成片的油菜花和成片的青稞，成群的马儿低头吃草，村子的上空渐渐升腾起来的炊烟，给这个村庄带来了一丝神秘感。

每到一处，车一停好，海子和南山就会一起洗车。

“不累吗？他们两个开了一天的车。”我问悠悠。

“习惯了吧，这俩人身体好着呢！”

黄瓜夫妻拿着单反去村里东边山上溜达。

我和悠悠一起向西走，走回来时的路。

夜宿鲁朗 1

夜宿鲁朗 2

离开大门时，听见给村长安装大门的师傅问南山是哪里人。

南山说是安徽的。

“我是四川的，你们到这里来不是找罪受吗?”

“这里是去拉萨必经之路。”

“我到这里都好多年了，在这做五金生意。”

“这里的生意好做吗?”南山问。

“好做，就是受罪。”

…………

坐了一天的车虽然有些疲劳，但是村子的地势平坦，环境犹如我们皖南的早春小镇，只是空气依然有点冰凉。

草甸上，溪流蜿蜒，泉水潺潺，野花怒放。

颇具林区特色的木篱笆、木板屋、木头桥以及农牧民的村寨星罗棋布、错落有致，勾画出了一幅恬静优美的“山居图”。

我和悠悠在村前村后转悠了一圈。这里的油菜地比较分散，在我们准备推开人家的篱笆向着大片油菜花前进的时候，天空突然飘起了小雨，风吹得嘴巴越来越干，我们约定明天早起，一起去看油菜花。

CC 已经在网上订好了鲁朗石锅鸡店。

鲁朗石锅鸡店离这里还有两公里的样子。

我们刚到村长家，他们已经上了车，就等我们出发了。

西行一周的时间，我从来没有像今天这样清醒，我能感觉到，高原反应的魔力正在慢慢减弱，远离了高原反应也就脱离了地狱。

我的胃已经恢复了正常，我的思绪也变得平静而清晰。

悠悠也明显战胜了高原反应，情绪轻松了许多。

南山说在山区住宿远不及住在县城方便，住在藏民的家里体验的是藏区的文化。

风景在路上，每次邂逅，都让我惊叹，住宿好坏倒不那么重要了。

晚上在鲁朗小镇吃饭的时候，南山对这个酒店的老板称赞不已，这老板才二十五岁，就开了几家酒店。“我刚刚和他交流了，他爱好旅游，感觉这里太美，所以在这里创业，有一家三星级酒店已经开业，住宿和吃饭一体式。”南山手里拿着老板送他的名片和我交流着。

“嗯。”我附和着，闻着端上来的石锅鸡飘出的香味，心情大好，我发觉我的胃口完全恢复，大家边吃边聊。

我端起茶杯向南山和悠悠敬茶：“首先谢谢你们夫妻对我的照顾，这几天由于高原反应，我夜里睡不好，脾气也不好，好多次衣服都是悠悠帮我洗的，等回去我请你们喝酒。”

南山和悠悠笑着说：“客气了，高原反应都有一个过程。我也想过如果你的情况实在坚持不住的话，我们就回去。这件事我和海子说了几次，肯定不能拿你的生命冒险。”

“谢谢大家对我的一路照顾，谢谢海子，谢谢黄瓜夫妻。这些经历对我来说非常的珍贵。”

“特别是悠悠，我们俩在一个房间睡觉，连我夜里说梦话，她好像都还记得。”

悠悠说：“你在梦里哭着喊着，也不知说些什么，我也不敢叫醒你。”

“也许是‘高反’带来的影响，我感觉这几天短暂的梦里都能梦见父亲，好像父亲一直在身边保护着我，但是父亲是真的离开了，所以就哭了，哪怕是梦里也无法控制，我不知道人有没有灵魂，但是我能感觉到父亲的存在。”

说着我的眼泪竟然不由自主地流了下来。

南山说：“人是有灵魂的，大家都这样说。”

我说：“我真的希望父亲的灵魂能得到安息，我知道父亲走的不甘心，他有太多的牵挂，就像我牵挂他一样，我一直后悔没能好好地照顾他。”

悠悠抓住我的手安慰我说：“我能理解你，失去亲人的滋味我懂。”

由于“高反”严重，这几个晚上我的睡眠很浅，昨晚梦里父亲跟我告别，他说他要走了。我一个劲儿地追问父亲，还需要什么吗？钱够吗？父亲只是笑，什么也没说。

醒来后，我的心里特别平静。

是的，人生没有假如，假如我能每年都带父亲做个体检，假如我对工作不是那么投入，我也许就不会像现在这般后悔。

第三十一章

/ 林芝的印象

到达鲁朗小镇的第二天早晨，也就是二〇一七年六月十六日的早晨。

醒来后就能感觉到远山和大地对我的召唤。

我和悠悠姐每人喝了一杯葡萄糖水。

我们昨晚决定今天早上要一起到村庄不远处的田野里看油菜花。

从窗户向外眺望，远远的，山上仍是一片雪海茫茫。

附近的藏民家里升起了浓烟，一层淡淡的薄雾笼罩着田野，不远处传来阵阵马蹄声，马的叫声由远及近。

洗漱好，我和悠悠走出了藏民家，走出了这个小村庄，去寻找我们昨天没有到达的那片油菜花海。

鲁朗的清晨

我们尝试着从小村的大路走向那片最大的油菜花地，虽然经过昨夜的休息，吃饭已经正常，精神也很放松，但是走了几步，我和悠悠就气喘吁吁，感到呼吸不畅。

我们推开了一处篱笆的木门，沿着草地的沟壑，向那片黄色的油菜花地前进。

这些天在路上，有些景色只能远观，现下离近看却又是另一番味道。露水打湿了我的鞋，草地上一不小心就可能踩到牛粪，那些颜色鲜艳的花朵在绿色的草地上绽放着，悠悠和我驻足为它们拍照。很多花我们根本不知道它的名字，也不知它的来历，无论大小高矮，它们在这个早晨迎着晨曦的光芒，展示自己的美丽。

我特别激动，又怕一不小心会碰到它们。

我们沿着从山上流下的一条河道向前走，清清的河水没有声音，滋润着脚下的草地，眼前几棵已经老死的枯树，孤独地站在那里。

快到了，我和悠悠喘口气继续前进。

周围的青稞越发多了，它们已经长出了果实，像我们北方的小麦地。走过青稞地，就到了我们要去的金色的油菜花园地。

好美啊，闻着油菜花散发的香味，我们陶醉了。

我和悠悠相互拍了照片，那些油菜花和我们那里的油菜花不一样，它们很矮，但却一样的鲜活透亮，带着晶莹的露珠。

回去的时候，看到不远处的黄瓜夫妻在青稞地里拍照。

正好接到南山的电话，要我们回去吃早餐。

我和悠悠努力地用手机留住鲁朗小镇美丽的风景。

露水打湿了鞋子，袜子也湿了。

悠悠说，她的鞋子没问题，比较保暖，而我的小白鞋却从此变成了奶油色，还好多带了一双运动鞋。当我们离开小镇的时候，太阳还没出来，远处的雪山仍然是一团白雾茫茫，绿色的原野上，黄色的油菜花绽放着，小镇的上空升腾起如画般的烟雾，村子路口那五颜六色的经幡，没有风的吹动，一片安静祥和。

鲁朗小镇位于林芝市巴宜区，鲁朗意为“龙王谷”“神们居住的地方”。自从走进林芝，就能感受到春天的气息，就像我们皖南，除了路边的建筑风格不同，那些绿色植物覆盖的地方，都是一片生机盎然。

有绿色树木的地方就有氧气，我们打开车窗，呼吸着来自西藏“江南”的氧气。宽敞的公路上，成群的猪、牛、羊、马等动物都结伴自由自在地散步。太阳出来了，也有摇着转经筒的老人，在路上望着蔚蓝的天空，孩子三五成群地在路边玩耍，还友好地向我们招手。

前几天走过的山很多都是荒芜的，有的路也没有绿色，让人心里充满了焦虑，由此可见绿色和平原对于人类的生存是多么重要。在林芝的感受，一句话就可以概括：天、地、人和动物融合成一幅和谐美丽的自然风景画。

林芝印象

路边的白马王子

秀色可餐

藏民制作青稞饼

在藏民家里喝奶茶

印象最深的就是我们在雅鲁藏布江大峡谷住宿的地方。早晨，老板娘亲手制作的青稞饼味道的确好，这是我第一次吃青稞饼，嚼在嘴里好清香，胜过一切美味，悠悠姐本来想带一些路上吃，但是觉得南山有些不同意，只好作罢。

其实我也是想要些的，一路上都在回味着青稞饼的味道。

由于从鲁朗出发时，我的玻璃茶杯不小心被摔坏，我和悠悠又实在找不到商店再买一个，就借来老板家的茶杯喝水。

“你的杯子丢了？”胖胖的老板娘问我。

“嗯，一不小心打碎了。”

老板娘问我的时候，高高大大的老板从桌子上拿起一个玻璃杯子：“这个洗干净你用吧。”

一个杯子不值多少钱，也可能是某个客人留下的，老板反复洗了好几次，又让我用烧开的热水烫。

我还笑着跟南山说，本来是要带个保温杯的，想想玻璃杯泡茶好看，没有想到易碎。

每个人都有自己的杯子，所以老板的茶杯一路上我都用得小心翼翼。

据南山介绍，他们上次到了雅鲁藏布江大峡谷也是住在这里的。老板是附近村子里的一个村民，老板的名字叫什么我记不得了，就叫他阿布吧。阿布个头高高的，一口不紧不慢的普通话，他家的院子不大但是收拾得还算干净，院子里种的玫瑰花正在绽放，给这个不大的院子平添了生机和喜悦。

他家七十多头牦牛都在山谷里，因为老母亲信佛，担心他家的牦牛卖出去被杀了，所以不让卖，老板是孝顺的人，他家的牦牛顺其自然地生长，每半个月去山谷里看看，有时会有惊喜，会多出一头或几头来，从来没有少过。

随着我们一行人的到来，院子里也开始热闹起来，拴在笼子里的大狼狗不安地狂叫几声，主人一吼也就安静下来了，几只老母鸡靠近放狗食的盘子，在地上寻找着美食，阿布在一楼的客厅里准备好了酥油茶，杯子是透明的，冒着热气，我连续喝了好几杯。

南山提醒说："每到一处多喝当地的水，对自己的身体有益，特别是有高原反应的人，医生就建议多喝水。"

我问阿布："共产党好不好？"

他回答说："你看我们藏区的生活多好啊！路也修得好！我们这里什么都有的吃，看看我们梁上挂着的各种腊肉！共产党习主席非常好！"

印象最深的还是阿布的老婆，拿手的家常菜非常好吃。晚上四菜一汤，肉炒土豆丝、肉炒青椒、麻辣豆腐、青菜炒香菇以及西红柿蛋汤，让我感觉像回到家里一样。

到雅鲁藏布江大峡谷的时候，我的“高反”基本消失，只是偶尔后脑还是有轻微的疼痛，这些不影响我前行的好情绪。

南山和阿布探讨着接下来的路线以及哪个地方景色优美。阿布用手在墙上的旅游线路图上比画着，他们说的是上次走的藏北线路。拉姆拉措在藏语中的意思是“天女之魂湖”，地处西藏山南地区的加查县，海拔超过五千四百米，湖面积虽然不大，但在藏传佛教转世制度中，它有着特殊地位，因而备受信徒们敬仰。每次寻访达赖喇嘛、班禅等大活佛的转世灵童前，都要到此观湖卜相，以受神示。

每年藏历四月至六月，许多善男信女前来这里朝圣观景。据说多人同观，所见各异，有缘之人可从湖水幻示的影像中看到自己的前生和来世。据说西藏历代达赖喇嘛的转世灵童都是在神湖的启示下寻找到的，而且每代达赖喇嘛都要到神湖朝拜一次。

羊卓雍措简称羊湖，藏语意为“碧玉湖”“天鹅池”，是西藏三大圣湖之一，位于雅鲁藏布江南岸、山南浪卡子县境内。

湖面海拔四千多米，羊湖汊口较多，像珊瑚枝一般，因此它在藏语中又被称为“上面的珊瑚湖”。

羊湖

羊湖是高原堰塞湖，大约亿年前因冰川泥石流堵塞河道而形成。它的形状很不规则，分叉多，湖岸曲折蜿蜒，并附有空姆措、沉措和巴纠措三小湖。

湖西有宁金抗沙峰等三大雪峰。宁金抗沙峰高七千二百零六米，是“后藏”最重要的神山，也是西藏传统四大神山之一。另外，世界上海拔最高的抽水蓄能电站——羊湖电站也坐落于此。

有一条延绵三百六十多千米的山脉，叫作拉轨岗日山，它把雅鲁藏布江和羊湖隔开，藏族人民把它的主峰称为宁金抗沙峰，由于宁金抗沙峰悠然凌驾于圣湖之上，因此，它的意思是“夜叉神住在高贵的雪山上”。

宁金抗沙峰地处江孜县、仁布县和浪卡子县的三县交界处。它山体雄伟，坡岭沟壑间的终年积雪形成了条条冰川，著名的卡若拉冰川就在它的南麓。

“是藏北路线？还是选择藏南的拉姆拉措神女湖？羊湖？听下大家的意见，他们本地人说藏南好些，北边就是色达，那里有些佛学院是藏族人们死后的天葬台。”南山和大家对视了一圈，最后目光落到我身上：“你看呢，范老师？”

“那就听当地老板的意见，天葬台呢，我看过朋友在微信朋友圈里发过那里的图片。嗯，还是山水好。黄瓜，你们夫妻俩的意见呢？”

“去神女湖寻找自己的前世今生。”年轻的夫妻异口同声。

第三十二章

/ 途中的忏悔

“高反”减轻，情绪也就平复得快，我不再是一副无精打采的样子。高原反应的那段时间，我的确想想都害怕。

美景是旅行的一部分，而和悠悠一起的时候，交流也是其中的一部分。悠悠一路谈得最多的是她的家庭，三岁可爱的孙子和她的儿子、儿媳妇。

她担心儿媳照顾不好孙子，我笑她：“应该相信自己的儿媳，她毕竟是孩子的母亲。现下不如合理地退出儿子、儿媳妇生活，跟着南山到处看看。”她乐呵呵地傻笑着，还一度看不惯我拒绝照顾孙子的态度。

她聪慧，往往看着南山的脸色行事，很少提出自己的想法，她没有属于自己的旅行包，包括钱包。途中我发现她外出的衣服也都是南山半路给买的，甚至和南山一起用一条毛巾。

我觉得传统的中国女人大都一样，悠悠看南山的眼神里都是唯命是从，她担心哪句话说错了，南山会生气。南山赚钱养家，在家庭里有着绝对的权威。

悠悠的世界充满了生活里的各种琐碎事情。

每个人都有自己的生活方式，你不生活在别人的环境里，所以也无所谓对错，就像每个人对幸福的定义都不一样。

经济独立，思想独立，这大概是命运的安排，有时候你真的无法决定你该过什么样的生活，虽然我和悠悠不太一样，但是一提起儿子，爱意就这样洋溢在脸上，和悠悠一样。

我记得十年前因没钱住医院而到处求人的时候，那种卑微的感受至今我都无法忘怀。所以这些年忘我地工作，只为了有事时能自己救自己，求人不如求己。

我亏欠的是儿子，在他的成长过程中，我不能像大多数母亲一样，每时每刻都在身边照顾他。我还要工作，不能每天送他去学校，不能给他无微不至的呵护，但是不能否认我很爱他。

还记得五年前某个暑假，我只陪了儿子两天，看完孩子的暑假日记，我心里充满愧疚。

孩子形容自己的暑假一团糟，天天就想着打游戏，跟朋友出去玩。

说好和同学一起踢足球，因没有人监督，半途而废。

萨克斯学习是被爸爸盯着的，感觉没劲，也丢下了。但是面对新的学期，孩子说他心里已经有了目标。

他说妈妈你放心吧，我会好好学习的，我在家里会听爸爸的话，等长大了我给你治病。

我对儿子说："咱们一去吃肯德基吧。"我拉着儿子的手在街上散步，经过天桥，便踏上了天桥的台阶。天桥上面有位躺在地上的老人，向四面的过路人祈求要钱，我丢了几元钱放在老人的碗里面。

儿子困惑地看着我说："妈妈，老师说这些要钱的都是骗人的。"我摸着他的小脑袋说："每个人都不易，特别是老人，不要把人想得那么坏，妈妈也接受过别人的帮助，帮助别人自己心里也会快乐。"

儿子点点头："妈妈，我懂了。"从此只要学校里有同学遇到困难，他总是第一个伸出援助之手，那天在肯德基店儿子也没吃鸡腿，他非常懂事，出乎我的意料。

"在肯德基一杯可乐要十元钱呢，在外面超市可以买一大瓶！"

"哈哈，好儿子！"

那段时间我很忙，一边要面对疾病的困扰，一边还要上班。但我从未想过要放弃对儿子的爱，那是个星期天的早晨，我五点钟起床，冒着大雨赶到宿州的汽车站，上了从宿州到合肥的第一班车，上午准备去参加一个病友组织的聚会，然后周一去领药。

临别前没忍心叫醒熟睡的儿子，我只想让他多睡会儿。

因为，我记得儿子上床睡觉时跟我说的一句话，他说："妈妈你离开家的时候一定叫醒我，让我知道你走了，上班去了，否则的话我总以为你在家里。"想起儿子的这句话，我眼泪就在眼眶里打转。

儿子很小就很独立，所以我每次离开家的时候都会兑现自己的诺言跟孩子说句话："妈妈去上班了，你也要好好努力。"一句话，一个拥抱，一个吻，儿子习惯了离别。他总问："妈妈什么时候不再上班?”“嗯，等你长大了，我就不上班了。”赶紧长大吧，我可爱的小家伙。

“转眼间现在儿子都上大学了，抱孙子还是未来的事情，所以还要活在当下呗。”我若有所思，我知道我不是一个完美的、称职的妈妈。

悠悠也若有所思，同样是女人，中年女人，我们的思想不一样，我们的人生轨迹也如此不同。

我如果没有那段特殊的经历，悠悠姐的生活也是我向往的生活。

在家相夫教子，倒也其乐融融。

第三十三章

/ 特别的聚会

我的人生好像注定要在路上。

从宿州到合肥要三个半小时，上午到合肥中辰酒店时，安徽的病友们已经开始在介绍各自的不幸经历了。

其实我还是第一次参加这个聚会，是网络的力量让病友齐聚合肥。

病友章小可说，此次聚会是网友太湖一帆赞助的，好多病友头天晚上就过来了。

那天是章小可到酒店大厅接我到会议室里的。我打量着她，她非常漂亮，一袭白裙，黑色的外套，搭配得很精致，我们是第一次见面。

大家见面首先谈的都是自己的病情：几年了？吃什么药？效果如何？然后互相交流彼此的经验以及家住在哪里，什么职业等。

“姐，看不出来你是病人。”章小可也上下打量着我。

我大大咧咧地笑着说：“你也是，这么年轻漂亮。”

那次病友聚会，印象最深的是病友太湖一帆，听说他已经得病十二年了。其实我匆匆忙忙地赶过来，就是冲着他的抗癌经验来的，我这个人比较好奇，据病友介绍，他也有自己的企业，刚开始生病也吃瑞典的格列卫，后来就吃印度的。

章小可带着我到了会场，我看见一个人正在电脑前给大家介绍慢粒的专业知识，圆桌的四周围满了十几个年轻的病友，大家聚精会神地听他谈话，章小可把我安排在她身边的一张空椅子上坐下。

原来那人就是太湖一帆。太湖一帆认真讲课的时候，我观察了一下他的样子，他的脸色看起来并不是十分健康，眼圈浮肿，脸上有色斑，这说明不见得服用印度的格列卫就是最好的。他的课件是精心准备的，据说很多病友都在通过他去买印度的药。

我觉得特殊的经历已经让他成为一个职业的药品推销商，他此刻推销的药品应该是印度的格列卫，每个人实行自救或者帮助别人未必是坏事，能把不好的事情转变成好事，也是能力。

我看明白了，但是没表达自己的意见。

由于瑞典的格列卫不能医保报销，每个月两万多元的药费对每个病友和家庭都是一种压力，而印度的格列卫价格只是瑞典的十分之一，对于没有钱的病友来说，如果证明两种药物具有一样的效果，这未尝不是件好事。

太湖一帆讲完，接下来是大家交流的时间，另外一个病友分享了自己骨髓移植的痛苦经历，虽然移植成功，但是和我们一样不得不服药，所以说移植治疗也不一定是最好的办法。

每个人的脸上似乎都写着沧桑，每个人都有不同的故事。大家讲话的时候，我的心情还是激动的，但是这次病友聚会与我想象的还有差距。

因为这并不是一次病友之间的交流。

对于患病多年的我来说，也想和大家真诚地交流一下经验。章小可热情地邀请我也来谈谈自己的经历，在路上的时候其实我拟好了三个要点：其一，精神的力量；其二，自己才是最好的医生；其三，爱和感恩。

可是当现场和大家交流时，我不禁有些生气。我总是让自己充满正能量，而病友们却不都是这样的。聚会中有一位年轻病友不想回想起以往的经历，他极度消极悲观，对一切感受的都是黑暗。

我觉得，无论遇到多少苦难，只有自己的内心强大时，才会有勇气面对一切灾难。看看病友们，再看看自己，真的，我还是为自己感到骄傲的，今年身体恢复得应该是很好的，苏州的身体检查结果证实了自己的努力是有用的。

当然我也发现有几个病友还是很阳光的，比如章小可。

当生命经历了许多灾难，拥有一个积极向上的心态是多么重要啊！

这些年我感觉我的生活很多时候都在路上，我是一个孩子的母亲，一个普通的打工族，一个为了生命而继续问道的人，我从没失去对生活的信心和勇气。我知道我的生命只有往前走才有出路，我的身后是没有退路的。

那天在合肥中辰酒店遇见的病友，后来都没有再见过。会议结束后也没有机会和太湖一帆交流，他就匆匆离开了。听章小可说他还要到另一个城市和病友见面，所以提前走了。

有一次我在省城听一个医药代表谈起太湖一帆，他说太湖一帆出事了，很多媒体都在报道他，原因是他帮助病友买印度药。最后，他经历了一年的牢狱之灾，那时很多病友都特别担心他，他的妻子到处为他呼吁，找病友给他签名求救，他不仅帮助了病友，也让自己有些收入，实行自救，这未必就是坏事。

可是他怎么会进监狱呢？在监狱里他怎么吃药呢？这个病需要长期服药控制。因为工作很忙，所以我也没再关注他。

又过了三年，某天我在酒店和朋友们吃饭，突然看到中央台的新闻联播，才知道太湖一帆这几年深陷官司，刚刚已经被无罪释放了。

后来网友给我发过来媒体记者关于他的报道，我才知道太湖一帆的真名，他真名陆勇，他不平凡的经历震动了整个慢粒病友圈，他就是电影《我不是药神》的原型。

二〇一五年一月十日，印度抗癌药“代购第一人”太湖一帆，也就是陆勇飞抵北京后，在机场当即被警方逮捕，被羁押在朝阳看守所。

十日晚六点三十分，陆勇和朋友一行三人从无锡飞抵北京，准备接受媒体采访。“我们俩走着走着，发现陆勇没有跟上来，再一看他被警察带走了。”十三日晚，和陆勇同行的一位朋友告诉记者，机场警方带走陆勇的原因是“陆勇已被网上追捕”。

现年四十七岁的陆勇是江苏无锡一家针织品出口企业的老板。二〇〇二年，陆勇被检查出患有慢粒白血病，当时医生推荐他服用瑞士诺华公司生产的名为“格列卫”的抗癌药。服用这种药品，可以稳定病情、正常生活，但需不间断服用。

这种药品的售价是两万四千元一盒，一名慢粒白血病患者每个月需要服用一盒，药费加治疗费用几乎掏空了他的家底。

二〇〇四年六月，陆勇偶然了解到印度生产的仿制“格列卫”的抗癌药，药效几乎相同，但一盒仅售四千元。印度和瑞士两种“格列卫”对比检测结果显示，药性相似。陆勇开始服用仿制“格列卫”，并于当年八月在病友群里分享了这一消息。

随后，很多病友让他帮忙购买此药，人数多达数千人，印度“格列卫”团购价曾降到了每盒二百元左右。

据统计，在我国四百万名白血病患者中，一半是儿童，并以二岁至七岁患儿居多。白血病患者看病花费大多是自费。白血病的治疗费用昂贵，如果直系亲属提供骨髓实施骨髓移植，手术费大概要二十万元。如果通过中华骨髓库配对，费用大概要五十万元。而且移植后还有三年至五年的排异关口，这也很难熬过，同时也是一笔不小的费用，百万元左右的巨额开销往往会让病人家属很难承受。如果进行西医化疗，一般一个疗程在几千元到二三万元不等。

患者需要做几个甚至几十个疗程的治疗，所以整个化疗过程的费用也很高，患者由于负担不起而中止治疗的现象很多。如果选用中西医结合治疗，在化疗的时候，一个月大约需要两三万元，不化疗的时候，一个月两三千元就差不多了，但总的治疗费用一般也要达到数十万元，这些费用工薪阶层一般都无法承受。对于一般百姓而言，如果家里有人不幸患上白血病，最后常会倾家荡产，人财两空。

据了解，我国每年因白血病死亡的人数约为四万人。这就是说，每年因白血病惨遭不幸的家庭就有四万之多，因陆勇行为而受益人数，已经达到数千人，这就意味着陆勇先生的善举大大减轻了数千家庭的痛苦和经济压力。

据说，陆勇代购的所谓“假药”格列卫，实际上在印度是经过批准的合法的“真药”，只是未取得我国相关部门的进口许可而已。听说，药品作为特殊食品，国家在法律上有着严格的监管要求。二〇〇一年十二月新修订的《中华人民共和国药品管理法》中，“假药”的情形认定相对“绝对化”：未经批准生产、进口销售的药品，均为“假药”。

陆勇为方便代购药物，曾从网上购买了三张信用卡，并将其中一张卡交给印度公司作为收款账户，另外两张因无法激活，被他丢弃。

二〇一三年八月下旬，湖南省沅江市公安局在查办一网络银行卡贩卖团伙时，将购买使用信用卡的陆勇抓获。二〇一四年三月十九日，陆勇被取保候审。

同年七月二十一日，沅江市检察院以妨害信用卡管理罪和销售假药罪对陆勇先生提起公诉。三百多名白血病病友联名写信，请求司法机关对他免予刑事处罚。这说明陆勇深受病友拥戴。

《南方周末》的记者也深入看守所采访陆勇。

二〇一五年二月，湖南沅江市检察院作出最终决定，认定陆勇的行为不构成犯罪，决定不起诉。

他被无罪释放。

代购印度药的路有多远我不知道，我只知道对于每一个饱受病痛折磨的人来说，生命是第一位的，而这种药既能救命又很便宜，岂不是更好的选择？

第三十四章

/ 我不够温柔

悠悠自信地说，她会包包子，会做饭，会做家务，她操持着整个家。她说在家里她可以找到自信，她烧的红烧肉比饭店里的要好吃，车上的冰箱里还有她从家里带来的包子呢。

我惭愧地笑笑：“我没你那么贤惠温柔，我操持家务的水平一般，应该算是敷衍吧。”

有次满怀着激情做好晚餐，老公却有应酬。

儿子也说初中的班主任今晚邀请几个同学聚餐。

一人食用，连糖醋排骨都感觉没有滋味。

想出去逛逛家乐福，推开了大门，天空却飘着雨，春天到了，却还是像冬天一样的阴冷。

我突然觉得乏味，又回到家里。

早晨起床，拖地打扫卫生，看见老公在床上发呆，我问老公想什么呢？

老公说：“你什么都好，这辈子最遗憾的就是你不懂温柔。”

我说：“有人说温柔的女人是不需要做家务的，那么你起来干活吧！”

我可以温柔些，但我也有工作，每周回到家里，所有的家务我都默默承担了，买菜、做饭、打扫卫生，实际上我也颇有怨言。

“你起来做早饭吧！要么去街上买也行！”

“哈哈。”老公奸笑起来说，“还是不要温柔了，继续干活吧！”

“温柔的背后也会有陷阱的！”

“哈哈，只是不想让你起这么早！”

我原来是最不喜欢干家务的，现在家里的一切还不是都井井有条？

上班的日子，每天忙的都是工作，心思都用在工作上，虽然很尽心，但是面对的客户太多，很多事情不能面面俱到，服务好客户不仅表现在专题广告上，还要表现在服务与新闻上。周五回到家，我几乎不再想任何与工作相关的事情。我很珍惜一家相聚的时间，所以没有任何怨言承担了所有的家务，听到儿子说一句妈妈烧的菜很好吃，我比什么时候都快乐。

老公说他的一个网友骄傲地说自己十分温柔，每天早晨会给老公挤牙膏。

“你这网友没有工作吧?”

“是的。”风回答。

“吸引到你了吗?坦率地说，我不喜欢这样。”

“吸引到了。”风的笑藏着狡猾，“但是我还是觉得你好!”

我不喜欢看人脸色，女人要经济独立，要不惧怕被人抛弃。我总是记得简单就是快乐幸福，做自己最开心，在苦难中生死相依、不离不弃比什么都重要。

我性格天生大大咧咧，也许我不够温柔，但是经历的挫折和现实的生活让我懂得真诚更重要。

在家的感觉真好，忙碌了一周回到家里，感觉在家里才能得到最好的休息。早晨睡个懒觉，然后中午再来两小时无忧的睡眠，让身体得到放松。

很久没有写东西了，因为需要做的事很多。

因为身体的缘故，所以我不能熬夜，每天我都会有很多收获。

也许是因为生命中经历了太多的磨难和痛苦，所以我很珍惜自己当下拥有的一切。

我记得有一次我去拜访中国邮政储蓄银行的张行长，他的一句话让我记忆深刻："银行是为大家提供服务的，但是必须能让客户的钱得到升值保障，如果站在客户的角度为客户考虑，在经营上才会成功。"

他说这是最高层次的服务。

这一点我感悟也很深，如果一个人能经常换位思考的话，生活和工作中遇到点儿困难就不会有那么多借口了。

在工作中经历失败和拒绝不可怕，能不停地总结经验和教训才有益于人生，其实客户是自己最好的老师。

不知为何，我不是很喜欢秋天的萧瑟，但是在秋天收获了果实。

也许是因为我是秋天出生的，父亲又给我名字里加了一个“秋”字。

秋雨，季节的灵魂，看到树叶飘零，我的心总会感到疼痛。

九月九日，华佗的诞辰，一年一度的药博会如期开幕了。

一份精心策划的药博会特刊，展示在眼前，我不禁欣喜。

感谢刘恒新副总编的优美文字，他是个名副其实的学者，很多人没看出这份报道了许多企业的厚重的报纸是广告。

这正是优秀的广告文案策划的好处。

我们的报纸第一时间服务于药博会，服务于药都药业发展，让药都企业认识到宣传的重要，虽然自己要承担费用，但是感觉还是值得的。

这周总算可以松口气了，提前一个月的策划总算收到成效。

其实每一点收获都需要很长时间的策划和奔跑，《养生周刊》收获的每一点、每一滴都是我们团队辛苦换来的结果。

药博会特刊使我们冲破重重困境，看清了以后的路该如何继续，如何突破药业宣传的空白点。

这些年我习惯总结自己的经验和不足。

这让我知道“经营”两个字的重要性，如果一个媒体的负责人不深刻理解“经营”这两个字的意义和价值，就是刊物办得再精美、质量再可靠、读者群再多，这份刊物也不会有生命。

新媒体发展的时期，一个不能带给我们利益的媒体，一个不能带给我们福利的媒体，是没有归宿的。

我们记者的辛苦，编辑的辛劳，难道仅仅是为了把一个栏目的文字填满？

所以我认为，只要我们每个人心里装有“经营”两个字，围绕“经营”两个字思考，我们会得到发展，并得到收益。

一个人的力量总是有限的，想获得更多的经营成果，必须忠心于自己的团队，忠实于自己的岗位，真诚地服务客户，客户才会忠诚于你，经营才会见成效。

这一年我被报社评为十大感动人物之一，我跟各个部门的优秀员工一起走上了颁奖台。

社长脸上的笑带着春天般的温暖，他给我们每个人准备了鲜花、颁奖词。

我只记得留给我的一句话：“生命不是用来打败的，而是用来绽放的。”

这是单位给予我的最高评价。

我的心平静无比，脚踩平底鞋也不再感觉自己矮小，只有心灵强大，才会真正地强大。

我懂，感恩。

第三十五章

/ 生命的价值

身体的缺陷并不代表心灵的缺陷，每个人的成功都来之不易。

冬天的寒冷丝毫没有阻挡我前行的脚步。

为了推销自己的媒体，每天坚持拜访多少客户、每天爬多少层楼梯、敲了多少陌生的门、遭遇了多少冷漠，我都记不起来了。

我只知道只要有人给我一丝希望，我就不愿放弃。

日出日落，风尘仆仆里付出了多少辛苦，这些都无法计算。

我觉得我就是一个行者，就像一个旋转的陀螺。从每一步的脚印里，我都得到很多安慰、很多人生感悟，它们都是用生命丈量出来的，是生命的挫折让我学会了敢于承担责任。

累点，苦点，比躺在医院里要快乐得多。

走进《养生周刊》的第一个想法就是让自己学习更多的养生知识，通过这个平台认识更多的中医。

几个月的运营很快结束了，困难虽然多，但是成绩明显。

首先我们得到了银行业的支持。中国银行、国购集团、中国邮政储蓄银行、中国人寿的赞助让我完成了经营任务，接着又策划了寻找药都名医、知名药商的栏目，赞助费也顺利得到落实。

余下的半年时间就是和记者一起采访名中医、名药商，全年的经营任务，半年内告捷。我对自己充满自信，我都没想到，我在工作上会取得那么多成绩，我做梦都不敢去想，默默的付出让我感受到了生命存在的价值。

时间真的毫不留情，孩子的变化有时真的让我不知所措，似乎我还没有准备好他就已经长大了，有偎依着的幸福，也有叛逆的苦恼。

我时常为自己对他关心少而谴责自己，我曾经咨询了许多像我一样的母亲，寻找方法减少我们之间的隔阂。

我时常奔走在两个城市的路上，因为工作。

对于工作我可以用喜欢来形容，无论工作中遇到多少困难，只要我行走在路上，心里就很踏实。

让我矛盾的也是工作，因为我还是一个母亲。理智与情感不免发生碰撞。

但是我最终会把问题都解决，因为我知道孩子是我一生中非常重要的人，而眼前的工作也是我人生中面临的一次大的挑战。

说实话曾有两次我想放弃，一次是因为太累了，我一天拜访了两家客户，都被客户拒绝了，身体的辛苦不说，客户的拒绝更让我感觉到经营一份媒体需要有好身体。

那个周末我想好了，要找领导，就算赔点钱也比这样辛苦下去而没有收获好。那一天我真的对此感到绝望。

还有一次，我找到一个信息产业的老总，几次拜访后，他同意跟我们合作推广健康手机，但公司下面的阻碍特别大。

我第一次经历客户所在公司的六个主管部门领导的强烈质疑。

那一天我感到身体不适，因为我有点儿低血糖，只要有点饿就会头晕，走进他们的会场，我如临大敌。

我有些惶恐，平时面对客户都是单独的，很好交流。而这个现场，每个人都气势压人，就像我的主考官，每次提问都是意想不到的难题。我喝着茶平复着心情，每个人的挑剔和质疑我都真诚回答。

“我根本没听说过这份报纸，也没看到过这份报纸。”头发全白，有些消瘦的财务总监首先发言。

“市委、市政府要打造养生亳州，我们《亳州晚报》是根据上级指示创办了这份周刊，我们的发行不会有问题，像你们这样的单位都有订阅，可能你们的订阅数量有限，看不到也属正常。”

“你们是《养生周刊》，都是关于养生的，我们是信息产业，根本不需要在你们媒体投放广告。”一个办公室主任模样的女性站起来。

“是的，我们是一份养生的报纸，养生之都的理念要靠媒体的引导，才能深入民心，随着时代的发展，越来越多的人会关注养生，关心自己的身体健康，我们合作的就是关于辐射话题的栏目，辐射无处不在，正好配合推广你们的新型手机上市!”

被各个科室的主任“拷问”了有半个小时，我最终以不卑不亢的态度打动了所有人。我的助手也激动不已，她说，她跟几个记者出去过，也跟着别人到过基层，从未见过今天这样的架势，她说她终于知道舌战群儒的意思了。

经历了半年多的摸索经营，同时在领导、朋友的支持和关心下，《养生周刊》总算有了起色，我想说的是，半年来付出的辛苦让我给这份报纸找到了准确的定位，同时这半年的经验让我又获得了一次心灵的磨砺，对于这份工作，我是问心无愧的。

它让我从容不迫地面对各种变数。

我想说，这半年多的工作真的是一场心灵的博弈，那滋味你无法理解。同时也是自己抗击癌症的一个过程，感激曾经的轻视与打击。

同时感激默默支持我的朋友们。

特别要感谢的是我们报社的刘恒新副总编辑，每一次代理广告经营工作，他都为我担心：“你身体行吗?”金融目标管理的时候，他也问过。《养生周刊》的工作，他更是担心。他几次说，实在不行就找社长说明情况，放弃吧。

可是我没有放弃，我也不想让刘副总失望。

刘副总对于周刊新闻栏目的策划给予最多的关心和支持。

刘副总的确是一位心慈面善的领导。

第三十六章

/ 生命的过往

翻开二〇一二年九月二日的日志，那天是周末，天气阴沉沉的。

新的学期开始，孩子上高中了。

本打算送孩子到学校，熟悉一下孩子的寝室，把孩子的床铺铺好，看看孩子的整体生活学习环境如何。

但想到明天的工作，我却犹豫了，药都一年一度的药博盛会即将来临。

因为药博会的特刊关系到很多企业，我不敢有一丝怠慢。

所以当天下午跟着朋友的车从宿州一起回到亳州。

我觉得这两年因为工作忙了很多，对孩子的关心的确少了些，这是我内心一直无法言说的内疚。在孩子学习的最关键时期，我总感觉自己心有余而力不足。

虽然风是老师出身，但他总是把生意的事情放在第一位。

作为职场女性，有一个积极向上、务实、真诚的心态很重要，想活出自己想要的样子，只能自己努力。

我身边有很多优秀的女性企业家，我们是通过工作而成为朋友的。

如徽商银行的王素云行长、世茂医药的余萍大姐、国购房产的李梅等，她们做事雷厉风行。

她们在经营好自己事业的同时，又把家庭兼顾到。

她们是我学习的榜样，她们也是女人，而且活成了自己想要的模样。

国庆节我和风再一次海边拾贝，当在阳光下的沙滩漫步时，我感到在大海的面前我们是多么渺小。

风是爱我的，他牵着我的手，不说话只是笑，他不会用我想要的方式表达他的爱意。

“我想让大海成为我最后的归宿，如能把我的骨灰抛在海里，那将是你送我最好的礼物。”我对风说。

我时常会想到死亡。

我想到有一天自己会与死亡再次握手，但是我不再害怕。

活着的每天，都要精彩演绎生命赋予的诗意。

但是有好多感情无法放下，孩子没有成人，父母没有养老送终。

把孩子送进大学，总算觉得自己又完成了一个目标。

当领导谈话还要把周刊重新拾起时，我感到一种久违的疲惫。

我想我可以安静地死去，此刻我发现我已经无力支撑如此高强度的工作，我根本不是一个身体健康的人，却用激情拼尽全力支撑着我的生命，我无法再透支身体的健康，是的，我不应该再如此忙碌。

我已经证明了我自己的存在，那些名誉总让我欣喜。

可是，那些过往总会有些遗憾，有些是无法弥补的，

甚至让人悔恨终身的，譬如现在。

对父亲不能尽孝心的遗憾，使我终生都怀有愧疚。

本来那个国庆假期都应该是属于父母的。

通过电话联系到广州军区解放军总医院的肖主任，他说假期间他在广州。我再次到广州军区解放军总医院血液科寻医问诊。

那时去广州也是因为身体的检查显示，融合基因偏高。

对此，医生也给出了自己的见解，那就是显示有可能控制不住病情的发展，身体可能出现耐药的趋势，需要换药。

虽然苏州的医生也给予了换新药的建议，但是每年的费用的确很高，每月三万元以上。

我的心又一次不安起来。

怕父亲担心，电话里也不敢多说。

老公提前定好了机票，因担心我迷路，他来作陪。

十年前我曾在广州军区解放军总医院住院两个月，认识了好多病友。

他们还好吗？还活着吗？我的脑子思索着，好多年不见，见到肖主任该说些什么？时间过得很快。

坐几个小时的飞机，感觉身体也有诸多不适。

在广州下了飞机，风预订的神舟专车就把我们送到医院附近的酒店。

而我只能躺在宾馆的床上睡觉，不知什么原因，头疼得厉害，胃里也是翻江倒海，等吐完后，才感觉舒服些。

唉，没办法，风一个人去吃晚餐。

第二天早晨感觉身体又恢复了正常，风在酒店里看他的股票，我一大早跑到了医院看我以前住院的地方，才发现我原来住院的地方已经变了。

门是锁着的，里面一片空荡。

那段住院的时光让我发生很多变化，一幕幕回忆，就像电影的情节，我感觉到生命的来之不易。

和肖主任发信息取得联系，他说血液科已经搬走了，在二号楼六层。

我就去找二号楼，在血液科的门口等待，问了一下护士肖主任办公室的位置。

我坐在护士站对面的走廊里大概等了几分钟，肖主任过来了。

肖主任没穿军装，也没穿白大褂，人还是那么精神，只是好像瘦了许多，他从电梯里走出来时，我一眼就看到他。

他看到我，也说我发生了变化，好像胖了许多，在住院时很瘦弱，很单薄，不像现在精神气色看着都不错。

肖主任侃侃而谈，介绍着医院这些年发生的变化。

以前血液科的病人生活很困难，现在好多了。

以前病人想做移植手术，找不到配型，现在我们国家发展很快，医保看病报销也解决了病人的难题，有百分之五十的病人是能延续生命的，白血病不像过去那么可怕了。

而且医院在他的带领下有新的研究成果——生物细胞移植，从自己身上抽出些细胞就可以进行治疗了。他还说，白血病是免疫系统出了问题，像我这种慢粒血液病，已经有活过二十年的案例，患病的那个老头每天还喝小酒呢。

他又问我现在的状况，我就把自己这几次检查的单子给他看看。

我提出我的困惑："为何融合基因的拷贝数偏高?"

他说："有可能是耐药，也有可能药量不够。"

我说："平时我就服用多，感到不舒服，就偷偷地减量。"

他说："还是应该加量，不应擅自把数量减了，后果万一是耐药，还需要花钱服用第二代。"

"你们安徽还是有些落后的，广州这边这种药医保给报销

85%，而你们那里的医保，到现在还没列入报销的范围。”
医保的问题对我们很多病人来说仍是一个艰辛的问题。
每年都要近十万元的药费，对我们所有想吃诺华药的人来说都是压力！

我问肖主任一些病友怎么样了。
沉思了一会，肖主任说：“你说的一部分的病友我不记得了，我只记得与你同病房的两个人已经走了。”
“德康怎样?”“德康还好。”
“我以为他走了呢，我离开医院时他病得很严重。”
“胡金荣移植还不错，说要给医院送一头猪表示感谢呢！不过医院的病人太多，很多都不记得了。”
在医院的日子我认识的只是几个病友，而肖主任在医院的病人很多，有些病人他已经忘记了。
肖主任领着我到移植的几个病房去看看，医院发生的变化令人欣喜。
与肖主任见过面后我对自己出现的情况才算踏实。
来广州的第二天，风带我去了香港。
那些生命经历的过往，有的一笑而过，而有的从不想提及。

第三十七章

/ 父爱如座山

西行途中的风景，我认为是我一生中看到的最美的风景。

我不能全部详细地描绘出她的风姿，因为眼前的一切都是语言无法形容的。

伟大的自然界无私地展示着它的美。

有人说西藏是接近上天的地方，我想也是如此。

前几天因为严重的高原反应，我每一天都想过放弃，想立即返回家里，可是我最终还是没有敌过眼前这些景色的诱惑。

每一次睁开眼睛，每一座山头，都是不同的，哪怕是一座荒芜的山脉，它都有自己的颜色和沧桑。

有时感觉自己好像在梦里看过一样，这一切好像早就应该相遇。

雪山远眺

山之巅

昨夜竟然又梦见父亲了，不仅有父亲，还有去世多年的奶奶，每个亲人都在忙着自己的事情。真好，还能在梦里看见他们。

“华悦，你昨夜又说梦话了。”悠悠早晨起来就提醒我。

是的，虽然每天很累，很疲乏，倒在床上就会睡着，可是每个梦也很清晰。

“我是不是影响你睡觉了?”我对悠悠表示歉意。

“没有，只是半夜醒来了，听见你的哭泣声。”

我向悠悠解释，在梦中我又跟母亲吵架了，我总是埋怨母亲对父亲不好，其实母亲更伤心。梦里她好像不让我和父亲回家，把我们的东西都给扔出去了，我就跟她吵架、发怒，伤心欲绝。

“梦总是胡扯。”悠悠宽慰我。

明天是父亲节了，思念父亲的哀伤无法抹去。

这一路我看到的山很多，形态各异，山是那么高大巍峨，我对山有一种敬畏，每经过一段山脉，我总觉得那座山就是父亲。

父爱如山，失去亲人的滋味，我也不知道跟悠悠如何解释。

二〇一七年六月十七日早晨五点半，天还没亮。

藏家客栈老板阿布就开着自己家的车在大门口等我们了。

早晨起来空气有些凉意，他带着我和悠悠、黄瓜夫妻四个人进入了雅鲁藏布江大峡谷。

通往大峡谷的路上，路旁的灯光还在，还没有游客。

阿布带着我们走访大峡谷呼啸谷口，有几只狗在景点里乱跑，让人有点害怕。

峡谷里面雾气很大，也没有什么让人震撼的，所以也没有拍照。

一个小时，我们回到原地，藏式早餐已经准备好了。

这是我们吃过的最舒适的早餐，有稀饭，有榨菜，有土豆丝，还有藏族女主人特制的青稞饼，味道的确很美。

未知名的盐湖 1

未知名的盐湖 2

我们和阿布一家告别，离开直白村继续前行，南迦巴瓦峰雪山在身后云雾里时隐时现，路旁大峡谷的俊美身影因为阳光的照射而展现出自身的英姿，前后都看不到边缘。

“在世界最大的峡谷，看中国最美的山峰。”这句写于景区内的标语就足以让人振奋不已。“可是和天气的变化也有关。”阿布解释说。

南山说如果不通过当地的藏民进入大峡谷，要花近二百九十元才能来到大峡谷景区，你开始一定会失望，因为这里只是大峡谷的起始点，而最壮观的景色并不在此处，还在前面。

所以南山直接安排我们住进藏民的家里，吃住都很安心。

阿布说：“雅鲁藏布江的流向在林芝境内发生了一百八十度大转变，这才是宏观意义上的大拐弯，那些所谓的‘拐弯’可能并不如想象中的那么壮观。”

来景区看中国最美的山峰——南迦巴瓦，才是正经事。

从海拔仅二千六百米的直白村仰望七千多米的南迦巴瓦，五千多米的高度差绝对让人震撼不已。

我们住进直白村的藏民家里，打开窗户就可以看到南迦巴瓦峰几个山头的皑皑白雪。

“南迦巴瓦峰，它的与众不同之处在于它总是藏在云中难以看见，只有心诚的人才能一睹其风采。”王石曾经说过。

南山在途中多次提到了南迦巴瓦峰的神奇之处，我到达山脚下，用手机拍了关于它的简介才记住它的名字，这也说明我地理知识的贫乏。

“观南迦巴瓦峰最重要的就是季节，若是在雨季，南迦巴瓦峰终日云雾缭绕。”阿布建议在十月中下旬来这里最好，不仅有很大的概率看到南迦巴瓦的全貌，而且还是在徒步墨脱这个最为轻松的时间段。

“哈哈，希望还有下一次到达这里。”大家相对一笑，意味深长。

“出发加查县，寻找神女湖。”早饭也很快结束，南山建议大家做好准备，又一次发布前行的命令。

大家先后上车，迟疑了一下，我还是问阿布：“你们家门口的这棵树是什么树呢?”昨天进院子时就看到这棵树，悠悠也不知是什么树，打量半天，看着像苹果树，却没见过这样的果树。

“是苹果树啊。”阿布笑道，“这个苹果树跟你们那的不一样吗？是不是长得太高了，你看那村子后面的那些山坡上那些特高大的树，是核桃树，有的已经千年了。我家这棵苹果树也有几十年了，我们这里的人不砍树，对生命很敬畏，任其自由生长。”

阿布家的院子不大，院子里却种满了红色的玫瑰花，有花有果实的农家生活应该是很幸福的！和阿布告别，我好像又听到院子内传来阿布老母亲手持转经筒发出的声音。

第三十八章

/ 印象加查县

离开了雅鲁藏布江，在车上打个盹儿，一觉醒来又是一片令人震撼的风景，这是我们在路上的第十天了吧？有时的确会忘记时间的存在，会忘记烦恼，会忘记工作和生活上的琐碎事。

“阿布推荐的路线果然不错。”南山队长再一次用肯定的语气告诉大家，“准备好了要拍照了。”他不时提醒我，相机很是沉重，行走起来不如手机方便。

这一路我们好几次下车拍照，很多景点我已经记不住名字了。

他可能只是路边的一片森林，一条河流，一座山川，一片不知名的花，一个荒漠的山头，一片悬崖峭壁的背影和一群野生的猴子。

草原上随手而拍的花儿

加查县是西藏“拉萨—林芝—山南—拉萨”黄金旅游线的重要一环，境内资源十分丰富，感谢阿布的推荐，让大家又多了一份对西藏的留恋。

继续往下走，不知不觉就进入了崔久沟，只见两边高山耸峙，森林茂密，层峦叠嶂。

河水也很温驯，远处的马儿时而停下吃草，时而恣意奔跑，飞流瀑布更是随处可见。

加查县地处雅鲁藏布江中游，多河流地带，地势西高东低，全县平均海拔四千多米。

来往的两岸，我们看到这里居民的生活倒是不错，也可以看到放牧的藏民依托着草原搭起的帐篷，升腾起炊烟。人、自然、动物和谐相处，真是人间仙境。

中午我们在加查县吃午饭，县城不大。加查县城所在地安绕镇仲巴街海拔为三千二百米，到神女湖要经过县城，中午我们在县城吃饭的时候，都感觉这里的海拔不会太低。

我的耳鸣也越来越厉害了，只要在安静的夜里，就能听见一阵阵鸣叫，特别是海拔高的地方，会响得更加剧烈。耳鸣似乎成了缺氧的报警器，只有美丽的景色才能让我忘记耳鸣。

也许是风景吸引了大家的目光，中午吃饭的时候我和悠悠还没有感觉饿。或许是早晨在阿布家吃太多青稞饼的缘故，虽然南山点了几个像样的菜，菜也不错。他还认真地听我的意见，问我想吃什么，而我把点菜的权利全部交给了他们。

自从父亲去世，我就很少吃肉，初一、十五更是不吃，我内心一直很愧疚，如果我不是那么重视工作，如果我不是特别忙于工作，从而忽略了父亲，父亲也许不会这么早离开。前年的冬天他过来看我，夜里我听到他咳嗽得很是厉害。

他在我工作的城市住了几天，我却在忙着工作，没好好地陪他。吸烟是他多年的习惯，喝酒也是他的习惯。我给他准备了好酒，他说感冒还没完全好，没尝一口。我给他端洗脚水，他特别激动。

我为什么不陪他去做个体检呢？他说他身体好着呢，是因为他不愿意给孩子添什么麻烦。那一次我和风开车带着他去省城住了几天，父亲很开心，他陪着我逛商场，我陪着他去公园溜达。

一年以后，当他身体不适，我陪着他去检查的时候，已经是肺癌晚期了。

如果能提前检查出来，他也许还能多活些时光。

以后无数的时光，我都在忏悔着自己做女儿的粗心大意，我是否关注自己太多了。

可是忏悔也无法消除心灵的痛苦。无论眼前的风景有多美好，内心深处对父亲的思念从未远离过，我多么希望自己的忏悔能让父亲知道，多么希望天堂里的父亲没有病痛折磨。

在加查县吃好午饭后，在县城的广场和一尊雕像合影，记不起这位名人是谁了，我和悠悠不敢抬头望天，阳光很刺眼，虽然有白云，也不敢停留。

其实，我恨不得把这真实的风景变成多彩照片，在微信里展示出来，让大家欣赏。

加查布丹拉山是乘车往加查县必定经过的地方，海拔五千米，从山底到山顶的环形公路犹如一条洁白的哈达，徐徐展开，登顶俯瞰，可饱览藏南谷地的秀丽风光。

看那一路两岸树叶，多有韵味！有的浅绿，绿得轻薄；有的翠绿，绿得如墨；而有的树叶伴着白色的粉色的花开。我只能无数次地叫海子停车。

我们来得也许正是时候，六月份漫山遍野的杜鹃花和西藏特有的花卉苏罗玛布、邦锦梅朵，艳丽娇媚，竞相斗艳，把一面面山坡点缀成五彩锦缎。

山腰上薄雾弥漫，丛林和花草色彩迷离，缥缥缈缈，脚下的山峦和雨中的景物都仿佛一幅连轴画卷迭次展开，使人心旷神怡。

布丹拉山顶，五彩经幡飞舞，哈达飘飘，像头戴彩帽的姑娘。一朵朵白云飘来，蓝蓝的天像多情的小伙向姑娘诉说衷肠。入夏的山顶，白雪皑皑，银装素裹，置身其中，仿佛进入仙境。

最让我喜欢的是随处可以看到的金灿灿的油菜花和成片的青稞，它们随风左右摇曳，那么平易近人，也是那么的弱不禁风，竟然让我联想到《红楼梦》里的林黛玉。

等我们到西藏最具传奇色彩的圣湖拉姆拉措，时间已经下午四点多。圣湖称“拉姆拉措”，“拉姆”意为仙女、女神，“拉”意为湖面。“拉姆拉措”相传是西藏人民十分敬仰的班典女神寄魂湖，位于县城东北部，距县城约 65 公里，其实在山里转的时候，我觉得去仙女湖的路好远。

朝圣者时而在草原上行进，时而在森林中穿越，时而在高山上盘旋，时而在河溪边跋涉，路边形态各异的一堆堆玛尼堆，仿佛一座座无字路标为朝圣者指引着方向。

据南山说，圣湖能呈现每一个去朝拜神湖的人的未来，只要虔诚地向湖中凝望，圣湖就能为朝圣者显示出未来的景象。

黄瓜也说，西藏历代达赖喇嘛和班禅的转世灵童，都是通过观圣湖所现的异象确定寻访的方向的，包括上次我们在理塘草原上提到的六代班禅仓央嘉措活佛也是，而且该湖也是无数善男信女探求自己命运的宝镜。圣湖，神秘而神圣。

到了圣湖的时候，天上下起了雨。其中不时夹杂着几粒雪花，空中一片雾气。看着那层层的台阶，我最终没有鼓起勇气登上去。我留在车里，不停地喝水，后脑还隐约有些疼痛，嘴角也很干裂，我怕极了高原反应的滋味，也许是担心自己穿得不是很暖，还担心受冻。

在山下遥望着不远处的圣湖，神话般的传说在西藏也有许多，

拉姆拉措湖脚下停车场

而这个地方给予了团队最美好的期望。我也在内心祈祷着，希望能看到父亲，希望父亲的灵魂能得以安息，在西方极乐世界逍遥自在。

队长带着队友们登着台阶走上圣湖，我不知道来回需要多少时间。我吃着车里的零食，打量着陆续过来的游客，有年龄很大的夫妻，但是他们相互搀扶着还是登上了圣湖的台阶。有的是一个大家庭，有老人也有孩子，他们也打着伞陆续登上了圣湖的阶梯，雨雪丝毫没有影响到他们。附近的山坡上，长满了野草。雨雪中还有不少牦牛在低头吃草，也有一条孤独的野狗在啃着人们扔下的残羹剩饭。

做人真的不容易，人有生老病死、爱恨之苦，每个人都有自己的过去和未来，但是又无法预料。进入西藏后感觉大自然真的让人敬畏，她有很多神奇的东西科学也无法解释。或许我应该登上去的，虽然我不相信能看到自己的前世，但是我也想目睹大自然创造的奇迹。

悠悠也上去了，我内心对她还是佩服的。等他们下来的时候，天依然在下雨，并且越下越大，南山扶着悠悠一步一步地靠近了山脚下。来自云南的黄瓜夫妻表面看着很瘦弱，却也很坚强。海子不用说了，就穿了一个外套和衬衣，小伙子身体很棒。

“山上又冷风又大。”回到车上，海子就发动了车子，打开了空调，南山也回来了。南山说：“华悦，亏得你没上去，都是雾气，什么也看不见！”悠悠一直喘着粗气，要不是海子和南山一路喊着加油，她早就返回来了。黄瓜说：“我看到了我前世。”他媳妇CC说：“我也看到了点什么。”

南山或是安慰我吧，我笑笑：“我是怕冷。”

后来我们就直接下山。回来的途中，远处的天空还有太阳的余晖，真是神奇，山上却还有雨雪，回到加查县城找好酒店，酒店也便宜，一百块钱一晚，那时已经八点多了。后来我们就去对面汽车站的饭馆吃川菜，一盘素菜都要几十元。

在西行的途中，真正的风景都在路上，但是并不能完全揽入怀中。

在加查县城的晚上，我睡眠也很好，没有“高反”，一觉睡到天明，不过夜里我还是清晰地又梦到了父亲，父亲很平静地和我告别，他说他要走了。

这是在西行途中最后一次梦到父亲。

第三十九章

/ 战胜了自己

六月十八日是父亲节，我们一觉睡到自然醒。

酒店对面是汽车站，附近小吃店的老板邀请我们去他们店里吃早点。

南山说，小生意做到如此地热情好客的地步，也算是做到一定的境界了。

悠悠说深山的县城里，能吃到品种齐全的小吃，的确也不错了。

看看品种，什么都有，包子油条，稀饭面条馄饨样样俱全。

我喜欢清淡的饮食，要了碗稀饭和青菜的包子，悠悠要了碗鸡蛋面。

南山和海子也要了鸡蛋面，黄瓜夫妻要了馄饨。

也许是因为快到拉萨了，所有的人都感觉到轻松。

拉萨街拍

离开了加查县城，我们的车上了306国道。

加查县四处环山，没想到车上的导航出了问题。

我们下一个目的地是羊湖，应该走新路线，可是导航一下子把我们带入了大山的深处。

我们的车子在旧的306国道上盘旋，每一步都让大家提心吊胆。山路越来越高，下着雨，车如果打滑那后果是不堪设想的。

特别是悠悠，担心得厉害，她跟我换了位置，坐在副驾驶上。

大家议论纷纷。还是南山的经验丰富，他提出质疑，这段路他也没走过，对面没有来车，可能是我们走错了。

但是在前行的过程中，他几次停车敲开藏民家的门问路，藏民一直说此路就是306国道，拉姆拉措湖和羊湖分别是西藏的三大圣湖之一，通往浪卡子县，方向没错。

车越往前走，危险就越大，到了山顶，遇到了一个施工的分队，南山又跑过去问路，一个领导模样的中年妇女回答：“你们走错了，这是306国道，但是条旧路，我们还在维修，新的306国道还要回到县城。”

南山头上冒出了冷汗：“还好，我们要到县城加油，这半天在山上也只开了二十多公里路，全程五十多公里呢，我们也走了一半，不过这里没有加油站，要是再往前开，没地方加油，那麻烦就大了。”

随着方向盘的转动，大家的心里舒了一口气。

我们车后也跟的几辆车，或紧或慢，此刻也被南山好意地劝阻扭转了方向。

在车上我打量着这条老旧的306国道，森林深处都有人居住，而且风景绝美，路边走过的孩子和老人，也主动向我们招手。

一个少女站在雪雨里，皮肤黝黑，但眼睛雪亮，带着一种纯洁的美丽凝视着山下的牛群，任雨水打湿自己的衣服，她冲我们笑了笑，没有接受我们馈赠的雨伞。

今日是父亲节，车里不知是谁又提起了父亲这个话题。

南山提到自己八十多岁的父亲身体还很好，还能帮助自己家看商店。

提到父亲我的眼泪就在眼里打转，莫名地想哭，眼泪控制不住地流了下来。

儿子突然打过来电话，问我到了哪里，到拉萨了吗？还好吗？什么时候回来呀？

我说今晚估计能到拉萨，今天是父亲节，别忘记给你爸打个电话问候一下。

儿子说："已经发过微信了，我还在学校，也没什么钱给他买礼物。"

“有心就好，礼轻情意重，一会用微信转钱给你，你也让他看看你爷爷。”

主动和风通了电话，让他去看公公。他说已经给老爷子买了礼物，现在在家里陪着老爷子说话。

心里无限地思念父亲，可是再不能给他父亲节的礼物，但是他一定能感受到女儿对他的思念。

想起了昨夜的梦，父亲已经和我告别，此刻心情已经异常平静。

今天早晨醒来的感觉很奇特，身体恢复得非常好，精神也很充沛，前几日的乏力感也已经完全消失。

我感到一种从未有过的力量正在充盈我的内心。

山上一路风雪，到了加查县城，却又是天气晴朗。

从加查出发，在新的306国道上前行，路途比较顺畅，我没有沉睡，不放过眼前的每一处风景，也许我的一生只能来这一次。

经过七八个小时到目的地羊湖，开始爬山了，我准备好了帽子、丝巾，大家看着我如此表现也感到了惊讶。

约下午五点的时候，过了海拔五千米的岗巴拉山口，美丽的羊湖展现在我们眼前。

羊湖与纳木措、玛旁雍措并称西藏三大圣湖，羊湖面积六百七十八平方公里，湖面海拔四千多米，因为比较长，没有一个位置可以看到湖的全貌。

我们兴奋地下车拍了照，有不少藏民牵出藏獒来，让我们照相。南山问我："要么拍一张吧。"我对收费照相的藏獒实在没兴趣，用手机随便拍了几张照片就一起往山上走去。

我顺利又兴奋地登上了西藏的羊湖。

据说根据不同时刻阳光的照射，羊湖会显现出不同层次、极其丰富的蓝色，如梦似幻，初见羊湖，它的艳丽几乎让人不敢相信。

羊湖的水源来自四周念青唐古拉山脉的雪水，没有出水口，雪水的流入与自然的蒸发达到一种奇特的动态平衡，湖水随着光线变幻，演化成千变万化的蓝色。

真像是一块天蓝色的宝石镶嵌在大山里。

在阳光下那样美，没有更好的语言能形容她的美。

我的情绪也高涨到极致，依靠着湖边的栏杆拍照，身后是白云缭绕。

唐古拉山脚下

昨天到了神女湖还望而却步，今天也顺利登上了海拔五千多米的羊湖。

下山的时候，南山开车，海子休息，平时不爱讲话的海子说道："姐姐今天的表现不错啊！"

黄瓜夫妇也对我今天的状态感到惊讶。

此刻突然想起中午吃饭时海子说过的一句话："姐姐，吃饭的时候你怎么老看我？是不是感觉我吃得特别多？你写东西的时候，别写我特别能吃啊！"

能吃又不是坏事情，我自己突然莫名地笑起来。

上山的时候，我问大家：“羊湖的海拔多少？”南山故意笑着说：“不多不多三千多米。”

呵呵，好的。

而此刻南山队长脸上充满笑意，能看到对我的表现的满意。

我最终战胜了自己，内心平静如水。

第四十章

/ 生命的回归

我们从羊湖下来之后，一路向西行进到达拉萨。

到达拉萨的时候，天已经很晚了，住进酒店已经接近十二点。坐在车上虽然可以闭上眼睛睡觉，但是跟睡在床上是有区别的。

队长和海子替换着开车，两个人也是替换着休息。

昨夜所住的旅馆是黄瓜夫妻网上预订的，旅馆价格便宜，就是路线有点难找，车停在一个小区的门口，被旅馆的老板带着，拖着行李箱跑了几个巷口。

我说："怎么这么偏僻呢？这怎么都不像我想象中的拉萨。"

南山小声对我说："网上预订也不清楚具体的位置，今天先住下来，明天想换地方，我们再换个地方呗。"

黄瓜夫妻和悠悠走在前面，黄瓜的老婆转过身来："姐姐如果不满意，再换个地方吧?"

我说话的声音总是很大，我突然意识到自己的话伤了黄瓜老婆的感情。

"小妹不用了，这旅馆蛮好的，虽然不大，但很温馨。"

这就是一个居民家的民宿，房间不大，每个空间都被充分利用。

旅店的老板是个年轻人，他无聊地吸着烟，眼里盯着手机，我们各自去寻找自己的房间。

我和悠悠这些天一直在一个房间，等在旅馆安顿下来，我们又去附近的街上找了家川菜馆吃晚饭。

川菜馆里灯火通明，三五成群的人还在喝酒。

明天黄瓜夫妻要和我们分别。南山说，黄瓜夫妻的假期到了。余下的青藏线只有我和海子以及南山悠悠夫妻俩一起行走。

真遗憾，这些天从四川到拉萨我从未跟黄瓜夫妻好好交流过，我只知道黄瓜是个人民警察，他的老婆 CC 是位中学的老师，她的样子瘦瘦的、弱弱的，但是她这一路的表现却很是超乎我的意料。

这些天我们从未聊过天，只是在吃饭的时候相互打个招呼。

他们夫妻时刻在一起相互照顾，彼此安慰。

“高反”刚刚离去，体力已经恢复，我好像刚刚开始找到真正的自己。

那个“高反”中的自己，真的不堪回首。

吃饭的时候，依然是黄瓜夫妻负责点菜，算是告别前最后一次宴会。

“谢谢大家一路相助!”我举杯相邀大家以茶代酒。

“明天我们终于可以睡到自然醒了。”悠悠的声音在我的耳边响起。

我们相互对视着笑笑。

黄瓜说：“我们也很遗憾，还没去过唐古拉山，还没去过可可西里呢，假期有限，只能等下次机会了。”

“你的飞机票订好了吗?”南山问道。

“嗯，南哥，已经订好了，这个旅馆都给订好了。明天早晨五点就得起床，跟团进入布达拉宫、大昭寺等几个景点，午后一点半的飞机可以直接飞回云南了。”

南山很是客气地说：“不如我送你们到机场吧?”

“不用了，你也很辛苦了，已经订好去机场的车了。”

有人说，人生如戏，也有人说，戏如人生。

戏散场，人也会逐渐离场，戏不散场中途也会有人离场。

所以生活中的悲伤和欢喜也是生命的常态。

借个肩膀靠一靠

加油！

今天早晨我们离开旅馆的时候，黄瓜夫妻已经出发。

南山带着我们三个也离开了那个不知名的旅馆。

而我只记得那个房间很阴暗，有股难闻的烟味，但我仍在梦中一觉睡到天明。

来到拉萨，西行的故事并没有结束。

我又一次站在陌生的地方仰望着天空，重新审视着自己的内心。

旅途所有的困境过后，内心却变得更加丰盈，不悲不喜。

恐惧和不安，烦躁和疼痛也和我握手言别。

我仍然会思念着父亲，他的音容笑貌犹如昨天。

他被病痛折磨的样子，或是大汗淋漓，或是痛苦呻吟。

清晰地记着我的梦，我远远地看着他为他送行，他的脸上露出了平静的笑容，我不知道他的灵魂去了哪里，但是他在我心里。

我知道我一定要好好的，这样我们才可以再一次在梦里相遇。

上午我接到章小可的微信留言，她问："到拉萨了吗?"

我说到了，我给她发几个笑脸，算是表达我此刻的心情。

章小可说："张扬导演拍摄的关于西藏的电影《冈仁波齐》明天要上映了，知道吗?"

我说："不知道，这些天在路上什么都忘记了。"

章小可发我一个关于电影《冈仁波齐》的链接，我用手机搜索了一下，冈仁波齐的主题曲已经出来。

"就让我来次透彻心扉的痛，都拿走，让我再次两手空空，只有奄奄一息过，那个真正的我才能够诞生。"

"去冈仁波齐转山吗?"章小可继续和我聊天。

"那里有'高反'吗？海拔多少?"我继续问。

“肯定会有高原反应的，海拔也不会太低。”章小可回答。

“我的旅程还没走完呢？走完青藏线我们再约吧！”

章小可，我一直想写写她的故事。

可是她说，她不想让人知道她太多，每个人都有生命的疼痛点，还是学会忘记，不想被提及的好。

以前我觉得有点想不通，我认为章小可固执，这一路走过来的路，章小可也已经走过，走过这些路，我才理解她的坚强。学会放下，然后学着再继续行走。我们每个人只有经历透彻心扉的痛，才会更珍惜当下，让生命回归自然，不再背负名利的诱惑，工作和生活一切随心。

拉萨的夜，雨越来越大。

我戴上耳机听着朴树的《冈仁波齐》。

“就让我来次透彻心扉的痛，都拿走，让我再次两手空空，只有奄奄一息过，那个真正的我才能够诞生……”